Truman Capote

The Grass Harp

草竖琴

〔美〕杜鲁门·卡波蒂——著　张坤——译

上海译文出版社

图字：09-2009-729 号

图书在版编目(CIP)数据

草竖琴/(美)杜鲁门·卡波蒂(Truman Capote)著;张坤译.—上海：上海译文出版社，2020.9
(卡波蒂作品)
书名原文：The Grass Harp
ISBN 978-7-5327-8548-3

Ⅰ.①草… Ⅱ.①杜…②张… Ⅲ.①长篇小说—美国—现代 Ⅳ.①I712.45

中国版本图书馆 CIP 数据核字(2020)第 166071 号

草竖琴
[美]杜鲁门·卡波蒂　著　张坤　译
策划/冯涛　责任编辑/管舒宁　装帧设计/张志全工作室

上海译文出版社有限公司出版、发行
网址：www.yiwen.com.cn
200001　上海福建中路 193 号
山东韵杰文化科技有限公司印刷

开本 850×1168　1/32　印张 5.25　插页 6　字数 73,000
2020 年 11 月第 1 版　2020 年 11 月第 1 次印刷
印数：0,001—6,000 册

ISBN 978-7-5327-8548-3/I·5263
定价：52.00 元

致苏克福克小姐

怀念那些真挚深厚的情意

第一章

我什么时候第一次听说草竖琴的？一定是在我们搬到楝树上去住的那年秋天之前很久；那就是某年初秋；当然是多莉告诉我的，别人谁也不知道该管这叫什么，草竖琴。

如果你走教堂那条路出城，走几步就会路过一片明晃晃的山冈，满是白骨色的石板和褐色的枯掉的鲜花：这就是浸礼会的墓地。我们家的人，姓泰博的还有姓芬威克的，都埋在这里；我母亲躺在我父亲旁边，两家亲戚的坟，总共有二十多座，都围绕在周围，就像一棵长在石头地上的树，根部这里一块那里一块突出在地表。山下的那片地上长满了印度草，这种草会随着季节改变颜色：秋天的时候去看，九月底的时候，它会变成晚霞般的红色，暗红的阴影火光一般拂过，秋风随意拨弄着干草叶，吟出人间的音乐，人声的竖琴。

这片地之外，就是幽暗的河边树林。想必是某个九月的日子，我们在树林里挖草药的时候多莉说的：你听到没？这就是草竖琴，总是在讲故事——它知道山上所有人的故事，所有生活过的人，他们的故事它都知道，等我们死了，它也会讲我们的故事。

我父亲是个旅行推销员，我母亲死了以后，他把我送去跟他的两个表姐一起住。韦莱娜和多莉·泰博是姐妹俩，两位女士都不曾结过婚。在搬去之前，我甚至从来没能得到允许进过她们家。不知为了什么说不清道不明的缘故，我父亲跟韦莱娜不讲话。也许是我爸求韦莱娜借钱给他，韦莱娜不肯借；再不然就是她借了，可我爸没还钱。反正这缘故肯定跟钱有关系，因为别的事他们都不会这么往心里去，尤其韦莱娜，她是城里最有钱的人。城里的药店、服装百货店是她的，还有一个加油站，一间杂货店，一幢办公楼，统统都是她的，挣到这么些钱可不容易，她是个性格很难搞的女人。

反正我爸说他永远不会踏进韦莱娜的家门。他总是讲关于两位泰博小姐很难听的坏话。他散布的段子之一到现在还有人信，说韦莱娜是双性人。他编派多莉·泰博的那些荒唐话，连我妈都听不下去：我妈说他该知道羞愧，居然忍心嘲弄一个这么温柔，一点害人之心都没有的好人。

我认为我父母两个人很相爱。从前每当他出门去销售他那些冷冻乳品的时候，她都要哭一阵子。她嫁给我爸的时候十六岁；没到三十岁就死了。她去世的那天下午，我爸喊着她的名字，把身上的衣服都撕烂了，光着身子跑出去奔到院子里。

韦莱娜是葬礼的第二天登门的。我还记得她远远走来，越来越近时我感到的惊恐，她很瘦，花白的头发仿佛撒了一脑袋胡椒盐，黑色眉毛显得很刚毅，面上有颗小痣。她推开前门，径直走进了我家。自从葬礼结束以来，我爸一直在砸东西，他不是发狠发怒，而是心平气和地、彻彻底底地砸：他会慢慢踱步走到客厅，拿起一个瓷人儿，对着它沉思片刻，然后朝着墙砸过去。地板上、楼梯上撒满了碎玻璃和银餐具，还有我妈妈的一件撕烂的睡袍，挂在楼梯扶手上。

韦莱娜眼光扫过满地狼藉。“尤金，我有话跟你说，”她的嗓音中气十足，凛冽高昂，我爸爸回答说：“行啊，你坐，韦莱娜。我想到你可能会来。”

那天下午，多莉的朋友凯瑟琳·克里克来帮我收拾了衣物，爸爸开车送我来到了泰博巷那幢阴影憧憧，气派很足的大宅前。我临下车的时候，他伸出双臂想拥抱我，但我怕他，挣脱了出来。我现在很后悔当初我们没有拥抱告别。因为几天后，他开车去莫贝尔港的路上，刹车失灵，从五十英尺高的崖壁跌落，摔进了海湾。我再次见到他的时候，他的眼皮上一边盖着一个银元，愿他瞑目。

按我的年纪来说，我个头矮小，好似侏儒，根本没人注意到我；但现在人们总是对我指指点点，说真叫人难过，这个可怜的小孩，柯林·芬威克！我也尽量显出很悲催的模样，因为我知道，这会让人满足：城里每个人都曾请我喝过汽水，或者吃过爆米花什么的，在学校我也破天荒头一遭得了高分。所以，过了相当长的时间之后，我才平静下来，注意到了多莉·泰博。

就是那时，我陷入了爱情。

想象一下我这么一个闹闹腾腾，四处打探的十一岁的男孩刚到家时她的心情。她听到我的脚步声就开溜，如果实在躲不开我，就会像含羞草合起花瓣似的，缩身躲藏。她是这样一种人，能伪装成房间里的物件，像影子一样隐身在角落里。他们现身，必得是种无比纤巧微妙的情形。她总是穿着最安静不出声的鞋子，少女式的褶边长裙，下摆刚碰到脚踝。她比韦莱娜要大，但看起来仿佛跟我一样，也是韦莱娜收养的。我们都被韦莱娜星的引力牵动着、引导着，分别在大屋的外太空里，按照各自的轨道运转着。

阁楼上乱七八糟堆满了旧东西，这潦草的博物馆里立着些恐怖的假人，都是韦莱娜的商店里用旧的展示模特。那上面有好多块地板松动，稍微挪起一寸，就可以俯瞰几乎所有房间。大宅里到处都塞满了笨重严肃的家具，但多莉的房间跟别处不同，里面只有一床，一椅，一书桌，这房间倒像是给修女住的，只有一点不像，墙壁和一切物件，都漆成匪夷所思的粉色，连地板也是这个颜色。每次我偷窥多莉，她总是在做两件事：要么是站在一面镜子前，举着花园用的大剪子修剪她那黄白参半、已然稀少的头发，要么就是用铅笔在一叠克莱斯牌的粗质纸上写字。她时不时把笔尖用舌头舔舔湿，有时写的同时还念出声：不要碰甜食比如糖果，还有盐肯定会要了你的命。现在我知道，她是在写信。但当时她这些通信来往让我感到很迷惑。横竖她只有一个朋友就是凯瑟琳·克里克，她平时谁也不见，也从不出门，只有每周一次例外，她会跟凯瑟琳一起去河边树林里采草药。多莉把草药煎成治疗浮肿的药水，然后装瓶。后来我发现，她的客户遍布全州，她的好多信件就是写给客户的。

韦莱娜跟多莉的房间隔着一条过道，她的房间布置得就像间办公室。有张翻起式的书桌，一排账本架，还有文件柜。晚饭后她常会戴上绿眼罩①，坐在书桌前算账，把账本一页一页翻过去，直到街灯都熄灭。韦莱娜跟许多人打交道，有很多政治交往，但亲近的朋友一个也没有。男人都怕她，她好像又怕女人。几年前，她曾跟一个满头金发，挺开朗的姑娘很亲密，那姑娘叫瑁蒂 · 劳拉 · 莫菲，曾短暂在这里的邮局工作过，最后嫁了个圣路易斯来的烈酒推销员。这件事让韦莱娜很是耿耿于怀，她曾公开地说那男人不中用，因此她送给这对新婚夫妇一件大礼，请他们去大峡谷旅游度蜜月时，大家都吃了一惊。瑁蒂小两口再也没回来；他们在大峡谷附近开了个加油站，时不时会给韦莱娜寄几张他们的生活快照。这些照片既令她安慰，也会令她难过。有些夜晚，她并不打开账本，而是双手支额坐在桌前，他们的照片摆开在眼前。照片收起来后，她会熄灭灯火在房间里踱步，随即会发出一声受痛似的哀叫，仿

① 这种绿眼罩流行于 19 世纪后期到 20 世纪早期，其绿色塑料膜可以过滤过强刺眼的光线，号称可以令用眼过度的人——尤其是会计、电报员及校对员等需要强调细节精准的专业人员——放松眼睛，保护视力。

佛她在黑暗中跌了一跤，摔疼了。

阁楼上可以俯瞰厨房的那部分地板我抬不起来，因为上面像垛棉花一样压满了大箱子。当时我最想偷看的就是厨房；厨房等于是大屋里真正的起居室，因为多莉大半时间都待在这里跟她的朋友凯瑟琳·克里克聊天。凯瑟琳是个孤儿，从小就被尤利亚·泰博先生借来使唤，她和泰博姐妹俩一起，在农场里长大，那老农场如今早变成了火车货运站。她管多莉叫多莉心肝儿，但韦莱娜她只称作“那个人”。她住在后院里，葵花和一畦一畦豆藤之间的一幢铁皮顶的银色小屋里。她自称是印第安人，每当听她说这话，人们常常挤眉弄眼，因为她肤色黝黑，就像非洲的天使。但就我所知，她说的可能是事实：起码她穿衣服很像印第安人。比如说，她有串绿松石的珠子，脸上搽的胭脂明晃晃好似许愿蜡烛照明灯，足以闪瞎你的眼。她的一嘴牙齿没剩下几颗，总是用棉球把下颚垫起来，韦莱娜时常说她，见鬼了凯瑟琳，你连句话都说不清，干吗不去找克莱克大夫给你脑袋里装上些牙齿？确实她讲话很难听懂：唯一一个能把她那含混嘟囔的声音翻译出来的是她的朋友多莉。对凯瑟琳来说，多莉能听懂她就足矣：她们俩形影不离，要说的话都是说给对方听的。我常把耳朵贴在阁楼的柱子上，听着她们撩人的语声如同新树苗的清香，飘荡在林中。

要想上阁楼，你得先从放床单的橱柜里头爬梯子上来，那里的天花板上有个小门一推就开。有一天我正往上爬，却见上方小门洞开，侧耳听见上方传来有人甜蜜地哼着小调的声音，就像小女孩单独玩耍时发出的美妙声音。我本想调头下去，却听那哼唱声停了下来，有个声音说道："凯瑟琳？"

"是柯林，"我边答话，边现身。

多莉那雪花般的面容浮现眼前，这次她终于没有消融不见。"原来你躲这儿来了——我们还猜呢，"她讲话的声音柔软又像纸巾一样，有点皱皱的。她的眼睛透着股聪明劲儿，眼光闪闪有神，几乎透明，亮亮的绿得好像薄荷果冻，透过阁楼上的暮色，这双眼睛胆怯地凝望着我，终于认定我不会伤害她。"你在这里玩游戏吗——在阁楼上？我就跟韦莱娜说你会寂寞。"她弯下腰，在一个桶的深处摸索。"来吧，"她说，"你可以帮我去另外那个桶里找找看。我要找一个珊瑚城堡，还有一袋珍珠卵石，各种颜色都有的。我想凯瑟琳一定会喜欢，一缸金鱼，你也会喜欢吧？给她做生日礼物。我们从前有过一缸热带鱼——它们是魔鬼鱼，互相残杀，互相吃光了。可我记得买它们回来的时候，我们跑六十英里到了布鲁顿。之前我从没跑过六十英里那么远，也不知道我还能不能再去那么远的地方了。啊，找到了，珊瑚城堡在这儿呢。”没多一会儿我就找到了那袋卵石，它们看起来就像玉米粒儿，或者糖豆儿，于是我把袋子递给她，边说：“来块糖吧。”她说：“啊，太谢谢了，我喜欢吃糖，哪怕是石头味儿的也行。”

我们成了朋友，多莉，凯瑟琳和我。我十一岁，后来我十六岁。虽然不曾建功立业，那些年过得最是开心。

我从未带人回家过，从来也不想。有一次我带一个姑娘去看电影，回家路上她问我能不能进来喝杯水。如果我认为她是真渴了，我一定会答应；但我知道她是装的，她只不过跟别人一样，就想进大宅里头看看而已，因此我对她说，还是忍着回家再喝吧。她说：“全世界都知道多莉·泰博发痴，你也发痴。”我挺喜欢那姑娘的，但还是推了她一把，她说她哥哥会教训我，那家伙果然动了手，至今我嘴角边上还有他拿可乐瓶子打我留下的疤痕。

我知道：他们说多莉是韦莱娜的包袱，好比十字架压在她背上，他们还说，泰博巷子里发生的太多太多事，人们还是不要去想的为好。也许确实如此。但那些年真是美好。

冬天的下午，我放学回到家，凯瑟琳就闹腾着打开一罐蜜饯，多莉把一大壶咖啡放到炉火上煮起来，然后把一盘饼干推进烤炉，而烤炉一打开，一股热乎乎的香草味儿就四散开来，因为多莉只爱吃甜食，她总是时不时地烤个磅蛋糕、葡萄干面包、饼干或者糖糕什么的，她一点蔬菜都不肯吃，她唯一肯吃的肉就是鸡的脑子，那东西只有豆粒大小，还没品出味来就没了。厨房里点着烧木材的炉子，还有个敞开式的壁炉，暖和得就像奶牛的舌头。冬天的寒冷最多只能将它那零度的冰蓝气息呼在窗户上，蒙上一层霜。如果有巫师要送我礼物，就请他送我一个瓶子，里面装满那个厨房里的话音，有哈哈的笑声，火苗的絮语，烤炉散发出黄油和糖混合的香气——虽然凯瑟琳身上的气息就像是春天的母牛。那里不像厨房，倒更像个舒适的店堂；地板上铺着地毯，有摇椅，墙上挂着一排小猫的图画，多莉对此很是狂热。有棵天竺葵，一年到头开花，还有凯瑟琳的金鱼缸，摆在铺着油布的桌子上，金鱼甩着尾巴在珊瑚城堡中穿梭来去。有时候我们玩拼图，每人分一部分碎片开始拼，如果凯瑟琳觉得你会赶在她前面拼完，她就藏起几块拼图。不然，她们就帮我做功课。她们不帮则已，越帮越忙。对于自然的一切多莉都非常渊博；她拥有神秘的智慧，像蜜蜂懂得哪里能找到最芬芳的花蜜：她能准确预报明天的风暴，预测无花果树结果的情况，带你去采蘑菇和野花蜜，找到珍珠鸡藏鸡蛋的窝。她只要环视四周，就能感知看到的一切。可是对付我的功课，多莉就跟凯瑟琳一样完全无知。“哥伦布到来之前美洲一定就叫美洲。这才讲得通啊。不然他怎么知道这里是美洲呢？”然后凯瑟琳就说：“对！亚美利加是个古老的印第安词儿。”她们俩中，凯瑟琳最糟糕：她认死理，绝不肯承认错误。如果你没照她的说法原样写下来，她就会发神经，要么泼倒咖啡，要么出点别的岔子。可是自从她有次说到林肯以后，我就再也不听她的了。她说林肯有黑人和印第安血统，只有一丁点儿白人血统。连我都知道这不是真的。但我欠凯瑟琳很大的情分，要不是多亏了她，鬼知道我能不能长到正常人的身高！我十四岁的时候，身高比毕迪·斯肯纳高不到哪儿去，而那家伙，人们常说，曾有马戏团请他去工作呢。凯瑟琳说，小心肝儿别急，你就是需要抻抻手脚而已。她帮我抻胳膊压腿拉长脖子，仿佛我的脑袋是个苹果，牢牢长在树枝上拽不下来。但是果然，两年之内，她把我抻得从四英尺九寸，直蹿到了五英尺七寸[①]高。我有食品储藏室门上由面包刀切的印记为证，真是如此。直到如今，一切都已过去，炉中只剩冷风，寒冬侵占了厨房，这些成长的刀痕仍在，见证着一切。

尽管来买多莉药的人大多收到了良好的疗效，偶尔也会有信来说，亲爱的泰博小姐，我们不再需要治疗浮肿的药物了，因为可怜的贝拉表姐（或者别的什么人）上周去世了，愿她的灵魂安息。这时厨房就变成了哀悼的场所；我的两位朋友双手合掌，低垂着头，难过地追忆有关这位逝者的往事，然后凯瑟琳就会说，好了，多莉心肝儿，我们已经尽力了，上帝另有安排。还有韦莱娜也会让厨房变得阴郁，因为她时不时会制定一条新规矩，或是强调执行某条旧规矩：要如何，不许如何，停止这样，开始那样，仿佛我们都是些钟表，她要随时监督，保证我们跑的时间跟她的一致；若我们跑快了十分钟，或者慢了一个钟头，她就会像布谷鸟那样，咕咕叫起来。那个人啊！凯瑟琳就说，多莉就说安静！现在安静！仿佛她并非要让凯瑟琳闭嘴，而是阻止自己内心的声音叛逃出来。我想，韦莱娜内

① 从约一米四五到一米七〇。

心里也希望到厨房来，加入其中，但她就像是个孤独的男人，跟一屋子的女人和孩子住在一起，她唯一跟我们交流的方式就是通过这种恶声恶气的吼叫：多莉，把小猫扔出去，你想害我哮喘加重吗？是谁没关浴室的水龙头？谁把我的伞弄坏了？她的坏脾气就像一股暗黄的酸雾，弥漫在大宅里。那个人。安静，现在安静。

每周一次，多半是星期六，我们去河边树林，一去就是一整天。为准备这趟出行凯瑟琳会炸一只鸡，煮一打恶魔蛋[①]。多莉会带上一个巧克力夹心蛋糕，还有好多牛轧糖。这样武装起来之后，我们再背上三个空布袋，动身走那条经过墓地，穿过一片印度草地的教堂路。刚进到林中，就有一棵双生的楝树，其实是两棵树，但它们的树枝紧紧拥抱在一起，你完全可以从一棵树上走到另外一棵。事实上有间树屋像桥梁一样，把两棵树连在了一起，树屋宽敞结实，简直是树屋的活样板，就像竹筏漂在绿叶的大海上。最早建树屋的那些小男孩，若还活在人世，想必也都已经是老人了。当初多莉第一次发现的时候，树屋就应

---

① 这道菜做法是这样的：把煮老的鸡蛋剖成两半，取出蛋黄，拌以蛋黄酱或沙拉酱、芥末或红辣椒粉后，再装蛋白，即成。

该有十五到二十年了，又过了二十五年之后她才指给我看。要上树屋很简单，就像爬楼梯那样，树皮有疙瘩可以搁脚，还有很结实的藤当抓手；哪怕是腰肥臀重，一直嚷嚷关节痛的凯瑟琳都能轻松上去。但凯瑟琳对树屋没什么热情，她不知道这是条船，多莉知道，是她告诉我的，坐在上面就是扬帆远航，沿着每个梦的云雾缭绕的海岸线航行。记住我的话吧，凯瑟琳说，这些木板太老了，这些钉子都滑了，跟小虫子似的，会一掰两半，栽下去摔破我们的脑袋，别打量我不知道。

我们把东西都存在树屋里，然后每人背一个布袋分别进树林，袋里要装满草药、树叶和奇怪的树根。连凯瑟琳在内，谁都不知道这药方里有什么成分，这是属于多莉一个人的秘密。她从来不许我们偷看她的袋子里采了些什么药材，她把布袋紧紧捏在手里，仿佛里面抓了个蓝头发的娃娃、着了魔的王子。她的故事是这样说的："很久以前，我们还是小孩的时候（韦莱娜还没换乳牙，凯瑟琳还没有篱笆高）有好多好多吉卜赛人，就像黑莓地里的鸟那么多——不像现在，可能每年只能碰到一两个落了单的偶尔路过。他们春天来——突然就出现了，如同山茱萸一夜绽开满树的粉红花儿。他们在大路上来去，在树林里游荡。但我们的男人讨厌见到他们。爸爸，就是你叔伯祖尤利亚说，要是看到有吉卜赛人到我们家地界，他就开枪打死他们。所以每次看到吉卜赛人从溪里打水或是从我们家地里偷捡冬天的山核桃，我都不说出来。有天傍晚，那是四月里，下着雨，母牛仙铃儿新生了只小牛犊，我去牛棚看望，发现牛棚里有三个吉卜赛女人，两个年老，一个年轻，那个年轻的光着身子躺在一堆玉米壳子上翻滚着。她们见我既不害怕，又不打算跑去告诉别人，其中一个老妇人就问我能否拿盏灯来，于是我回屋去拿了根蜡烛，等我回来，发现那个派我出去的老妇人倒提着一个哭嚎不止、浑身通红的小娃娃，另外那个老妇在给仙铃儿挤奶。我帮着她们用温牛奶给小娃娃洗了澡，用一条大围巾包起来。然后其中一个老妇拉住我的手说：现在我要给你件礼物，教你首歌谣。这歌谣说的是常青树的皮、蜻蜓蕨——还有咱们到树林里来采的所有其他这些药材：煎到黑又纯，就能治浮肿。到早晨她们就不见了，我到田里还有大路上去找她们；一点踪迹都没留下，就只剩我脑子里记下的这首歌谣。”

我们彼此招呼着、答应着，像白天放风的夜猫子一样，整个上午都分头在林中不同的地方忙碌着。到下午时，我们的袋子都塞满了剥下来的树皮、挖来的嫩草根，这时我们就重新爬上老楝树那绿叶织就的大网里，把吃食摆出来。广口罐里有甘甜的溪水，若是天气寒冷，暖瓶里会有一壶热咖啡，抓一卷树叶来擦干净我们沾满鸡油和奶糖的手指。然后，我们用花朵儿算命，懒洋洋地说些闲话，仿佛乘着竹筏，在大树上，整个下午漂流而过；我们跟洒满银色阳光的树叶一样，仿佛长在树上，就像北美夜鹰，在这里安了家。

大约每年一次，我会去到泰博巷的大宅，在院子里走一圈。有一天我在那边的草丛里看到一口翻倒的旧铁盆，像从天而降的黑陨铁：多莉——多莉，弯腰俯身在铁盆上方，把我们袋子里采来的那些药材倒进沸水里，用一根去了头的扫帚棍搅啊搅，药水浓褐好像嚼过的烟叶吐出来的颜色。她独自一个人动手熬制药材，我和凯瑟琳就像女巫的学徒，站在旁边看着。之后我们一起帮她装瓶。这种药水会冒烟，能把普通的瓶塞都爆掉，所以我的具体工作就是用卫生纸卷成瓶塞。一般每星期有六瓶的销量，每瓶卖两美元。多莉说，这钱属于我们三个人，钱来得容易，我们花得也快。我们总是邮购杂志上做广告的东西：学习木刻，帕奇思[1]：老少

---

① 一种改编自传统印度棋类的游戏。

咸宜的游戏，人人都会吹巴祖卡管。有一次我们邮购了一本学法语的书，是我的主意，如果我们学会讲法语，就拥有了一种秘密语言，韦莱娜也罢，别的人也罢，都听不懂。多莉很乐意尝试，可只学到“passez moi[①] 一把勺子”，她就学不下去了，而凯瑟琳，自打学会“Je suis fatigue[②]”以后，就再也没翻开过书本：她说学会这句就够她用了。

韦莱娜经常说，万一有人中毒就麻烦了，但除此之外，她对这浮肿药水没什么兴趣。后来有一年，我们算账后发现，我们挣的钱数已经到了该交所得税的数额。这时韦莱娜开始问问题了：好比钱是只野猫，那她就是个训练有素的猎人，蹑手蹑脚追着它的踪迹，目光如炬观察着沿途每一根弯折的树枝。她要求了解这药水里面有什么成分。多莉有点受宠若惊，赔着笑，却仍摆手道，无非是这样那样，没什么特别。

看来韦莱娜是打算让此事就此过去，但围坐桌前吃晚饭的时候，她却常常若有所思地将目光停留在多莉身上，还有一次，正当我们围着大铁锅，聚在院子里的时候，我

---

① 意为：请递给我……
② 意为：我累了。

一抬头发现韦莱娜正从窗口目不转睛地死盯着我们看。我猜那时她的计划已经成型，但她一直等到夏天才采取行动。

每年两次，一月和八月，韦莱娜都要去圣路易斯或者芝加哥采购。那年夏天，就是我刚满十六岁的那个夏天，她去了芝加哥，两星期后回来，还带回了一个叫莫里斯·里茨博士的人。自然，大家都很好奇，这莫里斯·里茨博士是何许人也？他打着花领结，穿着花里胡哨的时髦西装，嘴唇泛蓝，一双小眼睛忽闪忽闪目光游移不定，总之看起来就像个鬼鬼祟祟的小耗子。我们听说他住着罗拉大酒店最好的房间，在菲尔咖啡馆吃牛排大餐。他趾高气扬地走在大街上，冲每个过路人点头致意，脑袋油光锃亮。但他从不跟人深交，除了韦莱娜没人跟他来往，韦莱娜从来没带他回家来，也不曾提起他的名字，直到有一天，凯瑟琳终于鼓起勇气问她："韦莱娜小姐，这个怪模怪样的莫里斯·里茨博士是什么人？"韦莱娜嘴边刷白，咬牙答道："唔，某些我认识的人比他模样怪得多了。"

真是丢人现眼，人们说，看看韦莱娜跟这个芝加哥来的小犹太人勾勾搭搭的样子。那家伙比她小二十岁。坊间传说他们在城那头一家旧罐装厂不知道搞什么花样。事情发展到后来，人们发现他们确实在搞什么，但跟桌球房那帮人说的不是一回事。几乎每天下午，都能看到韦莱娜和莫里斯·里茨博士一起朝着罐装厂那边走，那地方一片断瓦残垣，窗破门颓。足有十来年没人近前，只有小孩会躲到里面去抽烟，或者一起脱光光玩些见不得人的事。到了九月初，看到《信使报》上一则公告，我们才知道韦莱娜买下了那座旧罐装厂，但公告没说她打算用来做什么。那之后不久，韦莱娜吩咐凯瑟琳杀两只鸡，因为莫里斯·里茨博士星期天晚上要来吃饭。

我住在那里的这些年里，唯一一个受邀来到泰博巷大宅里吃饭的客人就是这个莫里斯·里茨博士。所以，出于种种原因，这事挺隆重。凯瑟琳和多莉大扫除了一番：地毯拍打除尘，把阁楼上的瓷器搬了出来，每个房间都散发出地板蜡和柠檬地板油的清香。晚餐准备了炸鸡、火腿、英国蚕豆、甜山芋、面包卷、香蕉布丁，还有两种蛋糕和商店里现买的水果冰淇淋。星期天中午，韦莱娜进来视察，餐桌正中摆着一大束桃红色的玫瑰，周围摆开来许多华丽的银器餐具，看起来活像要举办一场二十人的餐会；其实只有两个餐位。韦莱娜走上前去，又摆了两个餐位，多莉见状，弱弱地说，这个，要是柯林愿意在桌上吃饭当然没问题，但她要跟凯瑟琳一起待在厨房里。韦莱娜把脸一沉，态度很坚决：“别跟我耍花样，多莉。这事很重要。莫里斯是特地要来见你的。还有，你最好把头抬高点，你垂头丧气的，看得我眼晕。”

多莉吓得要死：她躲在房间里，客人到了之后很久还是不出来，最后只好派我去叫她。她躺在粉红色的床上，脑门上贴着一块湿毛巾，凯瑟琳就坐在她身边，打扮得整齐漂亮，两颊抹得绯红好似棒棒糖，下巴里塞的棉花比任何时候都多。她说：“亲爱的，你得起来——这漂亮裙子会皱掉的。”那条棉布印花裙子是韦莱娜从芝加哥带回来的。多莉坐起身，把裙子抹抹平整，立刻又躺了回去。“要是韦莱娜知道我多难过，”她无助地说。于是我回去告诉韦莱娜说多莉病了。韦莱娜说她要去看看，然后大步走开，把我一个人剩在大厅里，跟莫里斯·里茨博士在一起。

唉，这人真可恨。“这么说你十六岁了，”他说着，无礼地眨了眨一只眼睛，又眨另外一只。“你就整天这么闲逛吗？下次老太太去芝加哥的时候叫她带上你。那边好玩的多着呢，有的逛呢。”他打个响指，仿佛随着轻佻的乐音脚下摇摆着，锐利的尖头皮鞋锃亮晃眼，这家伙可能是个跳踢踏舞的，或者是拿姿作态卖汽水的服务员，唯一不同的是他拎着公文包，表示他从事的是更重要的工作。我很怀疑他到底是哪门子的博士，说真的，我差一点就要问出口时，韦莱娜挽着多莉的胳膊，引着她进来了。

无论大厅的阴影，还是家具挂毯等等，都未能隐藏她的身影，她低垂双眼，只伸出一只手，里茨博士牢牢握住，使劲摇，差点把她拖倒。“哎哟，泰博小姐，见到您可太荣幸了！”他说完，正正领结。

我们坐下来就餐，凯瑟琳进来上那道炸鸡。她先给韦莱娜盛，然后给多莉，轮到博士时他说：“说句实话，鸡肉我唯一爱吃的就是脑子，我猜鸡脑子你没留在厨房里吧，阿嬷？”

凯瑟琳眼睛使劲望下瞅着自己的鼻子，都快成斗眼了，她满嘴塞满了棉花，嘟囔道：“脑子都在多莉盘里了。”

“这南方口音真难懂哪，我的老天，”他当真是没听明白。

“她说脑子在我盘子里，”多莉说，她脸红得跟凯瑟琳抹的胭脂似的。“请容我给您递过来吧。”

“要是你真的不介意的话……”

“她绝对不介意，”韦莱娜说。“反正她只吃甜品。喏，多莉，来点香蕉布丁。”

马上，里茨博士开始打喷嚏了。“是鲜花的缘故，这些玫瑰，过敏的老毛病……”

“噢，天哪，”多莉见机就想躲进厨房，她一把抓过花瓶，手一滑玻璃粉碎，玫瑰落到汤里，汤洒了我们一身。“你瞧，”她说，满眼含泪地自言自语，“你瞧，真是没指望。”

“没什么指望不上的，多莉，坐下来吃你的布丁，”韦莱娜颐指气使，不容置疑地建议道。“再说，我们有个惊喜要给你。莫里斯，给多莉看看那些可爱的标签。”

里茨博士嘟囔着“没问题”，随即停下了揩拭袖子上汤渍的动作，起身去了大厅，取了公文包回来。他手指在一打纸页中翻拣一阵，然后取出一个大信封，递给了多莉。

信封里有些背胶贴纸，四方形的标签上印着橙黄色的字母：吉卜赛女王浮肿药水，还有个模糊的图案，画着一个包着花头巾、戴着金耳环的女人。“一等一的质量吧！”里茨博士说。“芝加哥做的。我一个朋友画的画儿，那家伙是个真正的艺术家。”多莉拿着标签不知所措，脸上的表情又是迷惑，又是忧虑，最后韦莱娜问道：“你不高兴吗？”

标签在多莉手上皱了起来。“我不明白这是怎么回事。”

“你当然明白，”韦莱娜说着，勉强一笑。“显而易见。我跟莫里斯讲了你那个从前的故事，然后他就想出个这么棒的名字。”

“吉卜赛女王浮肿药水，这名字很醒目，”博士说。“广告上看起来很棒。”

“我的药水？”多莉说着，仍旧低垂着眼睛。“但我不需要标签。韦莱娜，我自己手写。”

里茨博士打个响指。“哎，这点子不错！我们可以把标签设计成她手写的样子，很亲切，是不是？”

“我们花的钱已经够多了，”韦莱娜立刻答道，随后转向多莉说：“我和莫里斯这个礼拜要去华盛顿给这些商标注册登记，还要给这药水注册专利——自然，发明人是你的名字。现在的关键是，多莉，你得坐下来把完整的配方写给我们。”

多莉的表情松弛下来，那些标签零星散落在地板上。她把双手支在桌上，站起身来，渐渐地又收敛起来，她抬起头，目光灼灼地望着里茨博士和韦莱娜。“不行，”她平静地说。她朝门口走去，一只手搁在门把手上。“不行，因为你没有权利，韦莱娜，你也没有，先生。”

我帮着凯瑟琳收拾桌子：毁掉的玫瑰花，没切开的蛋糕，还有没人碰过一口的蔬菜。韦莱娜和她的客人一起离开了家。我们从厨房窗口望着他们朝城里方向走去，一边点头摇头。然后我们切开了那个巧克力夹心蛋糕，拿着进了多莉的房间。

安静！现在安静！当凯瑟琳开始将话题引到那个人时，她说道。但仿佛她内心那个反抗的悄悄话已变成一个嘶哑的声音，是个必须得大声喊才能镇住的敌人：现在安静！现在安静！最后凯瑟琳无法，只得伸手将她揽在怀中，跟着她说安静。

我们取出一副纸牌，在床上铺开。自然地，凯瑟琳记得今天是星期天，所以不肯玩打牌。她说也许我们愿意冒险，在最后审判书上再给自己添一个污点，可她名下污点已经太多了。我们考虑再三之后，决定算命玩。大约黄昏时分，韦莱娜回家了。我们听到大厅里传来她的脚步声，然后她不敲门直接进了房间，当时多莉正在给我算命，见状不由抓紧了我的手。韦莱娜说：“柯林，凯瑟琳，请让我们单独谈谈。”

凯瑟琳想跟着我爬梯子上阁楼，可她盛装打扮着，怕毁了一身好衣裳。所以我一个人去了。有个窟窿正对着下面的粉红色房间，但韦莱娜恰好站在洞的正下方，我只能看到她的帽子，因为她出门时戴上帽子，到现在也没摘下来。那是个平顶草帽，帽檐上装饰着一堆塑料水果。“事实就是这样，”随着她说话，那些水果也在颤动，在暗蓝的暮色中幽幽闪光。“旧厂房两千块，比尔·塔特姆和四个木匠每人每小时八十美分，七千块的机械设备已经下了订单，更别提像莫里斯·里茨这样的专家得花多少钱了。这些都是为什么？都是为了你！”

“为了我？”多莉的声音听起来那么伤心，像黄昏一样颓丧。我见到她的影子，从房间一边挪动到另外一边。“你是我的骨肉至亲，我满怀柔情一心爱你，我打心底里爱你。我现在就可以证明，把唯一曾属于我的东西给你：然后一切就都归你了。求你了，韦莱娜，”她颤抖道，“让我保有这唯一的东西。”

韦莱娜打开一盏灯。“你说什么给予，”她的声音与骤然的亮光一样，冷酷坚硬。“这么多年以来，我像个苦力一样工作：我还有什么没给你的？这幢房子，这……”

“你给了我一切，”多莉温柔地打断她。“也给了凯瑟琳和柯林。但是，我们也做了我们力所能及的贡献：我们给你操持着这个挺温暖的家，难道不是吗？”

“唉，温暖的家，”韦莱娜说着，一把扯下了帽子。她满脸充血。“你和那个叽里咕噜的笨蛋。你就从来没想过，为什么我从来不带人来这个家吗？原因很简单：我怕丢人。看看今天的事吧。”

我清楚地听到多莉叹息的声音。“对不起，”她虚弱地说。“我是真心抱歉。我一直以为我们在这个家里能有一席之地，不管怎么说你需要我们。但是那就这样吧，韦莱娜，我们这就走。”

韦莱娜叹口气。“可怜的多莉，可怜人哪。你到底要去哪儿？”

答案过了一会儿才到，声音轻得如同飞蛾扑过：“我知道一个地方。”

后来，我躺在床上等多莉来吻我道晚安。我的房间在客厅一边，大宅的一个遥远的角落里，从前她们的父亲，尤利亚·泰博先生住过的地方。他晚年发疯，韦莱娜把他从农场接到这里来住，他就死在这里，死的时候不知自己身处何地。虽然他去世已经快十五年了，那小便和烟草味儿混合的老人气味仍然浸透在房间的床垫里和壁橱里，壁橱里架子上搁着他从农场带回来的唯一一件私人物品，一面小黄鼓：他像我这么大的时候，曾经在一个南方军团仪仗队参加游行，一路敲着小鼓唱着歌。多莉说她还是个小姑娘的时候，很喜欢冬天的早晨听着父亲的歌声醒来，因为他会在家里到处走动，生起火炉；后来他老了，后来他死了，她有时还会在印度草地里听到父亲的歌声。那是风，凯瑟琳说，可多莉对她说：但我们就是风啊——风收集了我们的声音，记下来，然后通过草叶和草地传来这些交谈讲话的声音——我明明白白听到爸爸的声音。

现在是九月里，就在这样一个夜晚，秋风会从遒劲的红色草叶间穿拂而过，一路释放出那些逝去的声音，不知那位被我占了床铺，在他躺过的地方入睡的老人，是否也在其中歌唱。

后来，我想多莉终于来吻我道晚安了，因为我感觉到她在房间里，就在近旁，于是我醒了；但这时已经是凌晨，晨光斑驳，如花叶树影，从窗口透进来，远处的人家传来鸡鸣。“嘘！柯林，”多莉轻声说着，朝我弯下身来。她穿着一身冬天的羊毛套装，戴着帽子，上面还有出门才戴的面纱，模糊了她的面容。“我只是想让你知道我们要去哪儿。”

“去树屋么？”我说，恍惚间以为自己在说梦话。

多莉点头。“只是暂时。等到想清楚下一步的计划为止。”她看出我的恐惧，于是将手搁到我额头上。

“就只有你和凯瑟琳两个人，不带我吗？”我惊悸之下，打个寒战。“你们不能扔下我。”

城里的大钟敲响了，她仿佛等钟敲完才拿定主意。钟声响了五下，最后一声余音未了，我已经跳下床来穿好了衣服。多莉别无他话，只说了句：“别忘了带梳子。”

凯瑟琳在院子里跟我们会合。她背了个防水布的背包，东西装得太满，身子都歪了，她两眼都肿着，一直在哭泣。但多莉却出奇地镇静，对要做的事很有把握，她说没关系，凯瑟琳——等我们找到地方再来取金鱼。韦莱娜的房间窗户静静地关着，幽幽地在我们上方俯瞰着，我们小心翼翼从下面经过，无声地出了大门。一只猎狐犬冲我们叫了几声，但街上一个人也没有，除了一个失眠的囚犯，透过铁窗盯着我们，再没人看到我们穿过城镇。我们跟早晨的太阳一起到达了那片印度草地。多莉的面纱在微风中飘动着，一对雉鸡将巢筑在了我们经过的地方，两只鸟从我们跟前掠过，金属般的翅膀猛扑过鸡冠花一样艳红的草叶。九月的楝树捧出一大碗金碧辉煌的绿玉。会掉下来磕坏脑壳子，凯瑟琳说着，周遭的树叶将露水落下，洒了我们一身。

第二章

我猜要不是那个莱利·亨德森，人们肯定不知道我们待在树上，至少不会那么快就知道。

凯瑟琳的防水布包里装满了星期天晚宴的剩菜，正当我们享受有咖啡、蛋糕还有鸡肉的丰盛早餐时，林中突然响起了枪声。我们坐在当地上，口中蛋糕渐渐发干。树屋下方，一条毛色光滑的猎犬慢慢跑过来，后面跟着莱利·亨德森。他肩上背着一杆枪，脖子上像戴花环一样挂着一串流血的松鼠，尾巴都系在一起。多莉把面纱放下，仿佛要在树叶中隐身。

他在不远处停下了脚步，晒得黝黑的年轻面容机警地紧张起来，他将枪举起，向周围做瞄准状，仿佛等着射击目标自动现身。这紧张气氛可把凯瑟琳搞得实在受不了，她大声叫道："莱利·亨德森，我看你敢开枪打我们！"

他持枪的手犹豫了，猛然转身，那串松鼠如同项链般随之摇晃，随后他看到了树上的我们，定了一定后说："你好，凯瑟琳·克里克，你好，泰博小姐。你们在那上面干什么？被野猫撵的吗？”

“只是坐坐，”多莉连忙说，仿佛怕我或是凯瑟琳会先开口回答。“你这些松鼠很不错啊。”

“拿两只吧，”他说着，解了两只下来。“我们昨天晚饭吃了两只，肉质真的很鲜嫩。稍等片刻，我拿上来给您。”

“不劳你动手，只要放在地上就可以了。”但他说蚂蚁会来吃，于是纵身跃上树来。他的蓝衬衫上沾了点点松鼠血，皮革颜色的粗硬头发上，也闪着滴滴血迹，他身上散发出火药气味，整洁和气的面孔，晒成黝黑桂皮般颜色。“真活见鬼了，这是座树屋，”他说着，使劲跺了下脚，仿佛要试试木板够不够结实。凯瑟琳警告他说，也许这会子还是树屋，他要再这么跺脚这树屋就命不长了。他说：“柯林，是你造的吗？”听到他喊我名字，我惊喜过望：我真没想到莱利·亨德森会知道我的名字。但他的名声我早有耳闻。

我们镇上，再没第二个人像莱利·亨德森那样遭人口舌。年长的人说起他来总是叹气，跟他年纪相仿的人，譬如我，总是说他小气，难相处，其实是因为他只许人嫉妒，却不肯接受我们的爱戴，跟我们做朋友。

随便什么人都会实事求是地说出这些。

他生在中国，他父亲是个传教士，在中国一次农民起义中被杀。他母亲老家就在我们镇上，名叫罗丝。我从未见过他母亲，但听人说她是位美女，只是后来戴上了眼镜。她还很有钱，从祖父那里继承了大笔遗产。她从中国回来的时候，带着莱利和另外两个孩子，都是女孩。一家人都跟她哥哥一起住，她哥哥霍利斯·霍顿是治安官，一直没结婚，这位老单身汉皮色焦黄，跟榲梨似的，长得肉乎乎的。后来几年里，罗丝·亨德森行事越来越怪：她威胁要打官司告韦莱娜，因为从她店里买了件连衣裙缩水，她为了惩罚莱利，让他单脚在院子里蹦，一边蹦，一边背乘法表，再不然她就纵容莱利到处乱跑，当长老会教派的牧师来劝她时，她对牧师说她恨她的孩子，恨不得他们都死了才好。她这话想必是当真的，有一年圣诞节的早晨，她将浴室门锁上，想把两个女儿淹死在浴缸里。据说是莱利用斧头劈开房门才冲进去。当时莱利只有九岁或者十岁，能这么干很不容易。后来，罗丝被送到了海湾地区一个地方去了，那是间精神病院，她可能现在还住在那里，至少我从未听到她的死讯。后来莱利和他舅舅霍利斯·霍顿处不来。一天晚上，他偷走了霍利斯的奥兹莫比尔车，开车带着梅米·柯蒂斯去了跳舞餐厅，那个梅米跑起来快如闪电，比莱利要大五岁左右，莱利当时最多十五。总之，霍利斯听说他们在跳舞餐厅，就叫上警长，开车送他去了那边，他说他要给莱利个教训，要让他进局子。可莱利说警长，你可别抓错了人。他就当着众人的面，指责舅舅偷罗丝的钱，罗丝留给他和两个妹妹的钱。他提出当场跟霍利斯一决胜负，霍利斯不肯应战，他径直走上前，对着霍利斯眼窝打了一拳。警长把莱利抓进了局子，但罗丝的老朋友库尔法官开始调查这件事，果然不出所料，霍利斯确实是偷偷把罗丝的钱一点点转进了自己的账户。于是霍利斯收拾行李，坐上火车去了新奥尔良。几个月之后，我们听说他号称是浪漫教长，在一条月夜游览密西西比河的蒸汽机船上工作，给人主持婚礼。从那以后，莱利就自己当家做了主人。他从继承的遗产里支取一笔钱，买了辆红色跑车，跟镇上所有名声不好的女孩儿都出去过，载着她们到城外，在乡下把车停下；他的车里唯一坐过的好姑娘就是他的那两个妹妹——他星期天下午开车载她们兜风，慢慢地，很体面地绕着广场兜一圈。他的两个妹妹生得都很美，但过得没什么乐子，因为他严加看管，男孩们都不敢靠近她们。一个很可靠的黑人妇女帮他们打理家务，除此之外她们的生活中再没有别人。他两个妹妹之一，伊丽莎白，上学时跟我在一个班，她成绩顶尖，每次成绩都得 A。莱利自己早就不上学了，但他不跟那些弹子房的混混一道，也不跟他们来往。他白天去钓鱼或者打猎，还给老霍顿家的房子做了很多改进，因为他很擅长木工，对机械也很在行：比如他造了一个特别的车喇叭，响起来跟火车汽笛声似的，傍晚你时常能听到他的车喇叭响着，开着车去隔壁镇上参加舞会。我多希望能跟他做朋友！看起来也不是没有可能，因为他比我只大两岁。可我记得他总共只跟我讲过一次话。当时他穿着白色的法兰绒长裤，准备去夜总会跳舞，路上拐进了韦莱娜的杂货店，我星期六晚上有时在店里帮忙。他想要一包影子①，可我拿不准影子是什么，所以他只好走到柜台里面来，自己开抽屉拿，当时他笑了，笑得不乏善意，可其实他还不如不笑呢，这下他知道我是个笨蛋了，我们永远也不能做朋友。

多莉说："莱利，吃块蛋糕吧，"他问我们是不是总是这么一大早就出来野餐？然后又说他觉得这主意挺不错，

① 影子是一种避孕套的品牌名。

"就像晚上出来游泳一样，"他说。"我有时候趁天黑到这里来，下河游泳。下次你们再来野餐，喊一声我就知道是你们来了。"

"你哪天早上来我们都欢迎，"多莉说着，把面纱掀了起来。"我敢说我们得在这里待上一阵呢。"

莱利大概觉得这邀请来得挺奇怪，但他没说什么。他拿出一包香烟，挨个让大家抽。凯瑟琳拿了一根，多莉见了，说道："凯瑟琳·克里克，你这辈子都没碰过烟草。"凯瑟琳说她也许这是种缺憾："这东西想必是能给人安慰，那么多人都说这东西好；多莉心肝儿，到了我们这把年纪，你得自己寻找安慰。"多莉咬住了嘴唇，"嗯，反正我想也不会有什么害处。"她说着，也接过一根香烟。

有两样东西能让男孩发狂（据汉德老师说，正是他抓到我在学校卫生间里抽烟），其中之一我已经戒掉了，两年前我戒了烟，倒不是因为我认为这东西真能让我发狂，而是我担心吸烟会妨碍我长个子。事实上，我现在长到了正常的身高，而莱利还没我高呢，但他看起来比较高，因为他举止动作像个高个牛仔那样，笨手笨脚不协调。于是我拿了根香烟，多莉将未吸入的烟都吐出来，说我们可能会一起害病难受，但谁也没难受，凯瑟琳说下次她想试试抽烟斗，因为那气味闻起来真不赖。这时多莉主动说出了一件令我大感意外的事实，我从来都不知道原来韦莱娜抽烟斗。“我不知道她现在还抽不抽了，但她曾经有个烟斗，还有一罐阿尔伯特亲王牌的烟丝，罐里还放着半个切开的苹果。但这话你可不能往外说，”她说完，突然意识到还有莱利在场，莱利哈哈笑了起来。

通常我们只是在街上匆匆一瞥，或是看到他驾车经过，莱利总是表情严肃，脾气一触即发的模样，但他在楝树上看起来很放松，时不时微笑，整张脸都变得很丰富，仿佛他至少是想表示友好，也许交个朋友也无妨。而多莉这边看起来也很轻松，乐于有他陪伴。显然她一点都不怕莱利：也许是因为我们在树屋里，而树屋是属于她的领地。

“谢谢你的松鼠，先生，”他准备离开的时候，多莉说。“记得要再来啊。”

他晃身落地。“要搭车吗？我的车就停在墓地边上。”

多莉对他说：“你太客气了，但我们哪里都不打算去。”

他咧嘴笑着，举起枪来冲我们瞄准，凯瑟琳大叫：“你该挨鞭子，小子。”但他笑了几声，挥手跑开，猎犬叫着冲到前面去了。多莉兴冲冲地说，“我们抽根烟吧，”因为他把烟盒落下了。

莱利到镇上的时候，我们半夜逃跑的消息已经传得满天飞了。虽然我和凯瑟琳都不知道，可多莉走时还给韦莱娜留了张纸条，她早晨起来喝咖啡的时候看到了。据我所知，这张字条只是说我们要走了，韦莱娜从此以后不用再受我们打扰。她立刻打电话去罗拉酒店找她的朋友莫里斯·里茨，两人一起去把警长叫起来。正是因为韦莱娜的支持，他才坐上了警长的职位，这家伙年纪轻，脸皮厚，升得很快，下巴长得很粗野，眼睛贼溜溜的像个出老千的。他名叫朱尼厄斯·坎德尔（真是难以置信啊，就是这个朱尼厄斯·坎德尔，如今已经当上了参议员！）他马上派出手下成立搜寻小分队，并给邻近城镇火速发了电报。许多年以后，泰博案最后和解的时候，我偶然看到了这封电报的手写稿原件——我猜是里茨博士起草的。留意寻找下述同行者。多莉·奥古斯塔·泰博，白人，六十岁，发色黄，有白发，体瘦，身高五英尺三英寸，绿眼睛，精神不太正常，但不具备危险性。凯瑟琳·克里克，黑人，冒充印第安人，六十岁左右，牙齿落光，讲话模糊，矮胖结实，可能有危险性。柯林·泰博·芬威克，白人，十六岁，看起来年龄更小，身高五英尺七英寸，金发，灰色眼珠，体瘦，仪态不好，嘴角有疤，性情阴郁。三人都被作为流亡者一起通缉。他们肯定没跑远，莱利在邮局里说：女局长皮特斯太太飞奔去打电话说莱利·亨德森在墓地下面的树林里看到我们了。

这些事发生的时候，我们还安心地在树屋里忙活，想弄得舒服些。我们从凯瑟琳的背包里拿出一条金色和玫瑰色的拼布被子，我们还有一副扑克牌、肥皂、几卷卫生纸、橙子和柠檬、蜡烛、一柄煎锅、一瓶黑莓酒，还有两个塞满食物的鞋盒：凯瑟琳吹嘘说她把厨房里所有吃的都卷走了，连当早点的饼干也没给那个人留一片。

后来我们都去溪水边，在冷水里洗脚、洗脸。河边树林里遍布着小溪流，就像树叶上布满叶脉一样，清澈见底，叮咚作响，蜿蜒着汇入小河，这条河就像头绿色的鳄鱼趴在树林里。多莉看起来真是夸张，她站在溪水里，身穿冬季套装，把裙子高高撩起，面纱像一片小飞虫绕在她脑袋周围飞舞闹腾。我问她，多莉，你为什么要戴着面纱呢？她回答说，“正经女士出门旅行不是应该戴着面纱吗？”

回到树上以后，我们做了一罐味道很好的橙子水，谈起未来的打算。我们的全部财产有：四十七美元现金，几件首饰，其中值得一提的是一个兄弟会标志的金戒指，是凯瑟琳灌香肠的时候，在猪肠子里找到的。据凯瑟琳说，四十七美元够我们买票去任何地方：她认识一个人一路到了墨西哥，只用了十五美元。我和多莉都反对去墨西哥，首先一件，我们不懂当地语言。再说，多莉说，我们不能冒险出州界，并且，不论我们去哪里，都得待在靠近树林的地方，不然我们怎么做浮肿药水？“跟你说实话吧，我想我们应该就在这里，在河边树林里住下来，”她说着，四处打量起来。

“就在这棵老树上吗？”凯瑟琳说。“快放弃这念头吧，多莉心肝儿。”然后又说：“你记不记得我们看到报纸上登的，一个男人漂洋过海买了座城堡，然后拆零散了全都带回家来的事？你记得吗？也许我们可以把我那栋小房子装到马车上，拖到这里来。”但是，多莉指出，房子是韦莱娜的，所以我们不能拖走。凯瑟琳回答说：“你错了，宝贝儿。如果你给一个男人做饭吃，洗衣服，跟他生孩子，你就跟他是夫妻，这男人就是你的。如果你打扫一幢房子，照看炉火，添炭加柴，这么多年你满怀爱意做着这一切，你跟这幢房子就算夫妻，这房子就是你的。照我的看法，那上头的两幢房子都是我们的：在上帝的眼睛看来，我们把那个人赶出去才好。”

我有个主意：我们下面的河里有一条没人要的船屋，水浸得太久发了绿，已经半沉了。这条船原本属于一个钓鲶鱼为生的老人，后来老人申请许可，要跟一个十五岁的黑女孩结婚，因此被赶出了镇子。我的想法是，我们何不修好那条老船，住到船上去?

凯瑟琳说如果可能，她还是想在陆地上度过余生：“按照主的旨意要我们待的地方，”接着她又列举了主的许多其他意图，比如说树木是给猴子和鸟住的地方。突然她一下子安静下来，戳戳我们，惊讶地指着下方树林和草地交界的那片开阔地。

那边一群大人物正步履沉重，严肃端庄地朝我们这边静静地走过来。库尔法官，巴斯特牧师和夫人，梅西·威勒太太，正前方领路的，赫然是朱尼厄斯·坎德尔警长，但见他足蹬系带长靴，手枪随着步伐在屁股上拍动。阳光中闪烁的微尘像黄蝴蝶一样，绕着他们翻飞，荆棘刮擦着他们浆洗过的，城里穿的好衣裳，一根藤缠上了梅西·威勒太太的脚，把她吓得朝后跳开，大叫一声，我见状不禁笑出声来。

听到我的声音，他们都抬头看着我们，其中几人脸上浮现出困惑惊恐的表情：仿佛他们去动物园参观，却误打误撞逛进了笼子里面。坎德尔警长佝偻身体上前几步，手搭在枪上。他眯缝着眼睛抬头看我们，仿佛是在直视太阳的强光。“这个……”他刚开口就被巴斯特太太打断了，她说：“警长，我们说好的，此事交给牧师来处理。”她的规矩就是，她的丈夫作为上帝的代表，应该一切问题他说了算。巴斯特牧师清了清嗓子，两手搓来搓去，好像昆虫干燥欲断的触角。“多莉 · 泰博，”他说，他长得蔫不啦叽，黏黏糊糊的样子，可声音却很优美，“我代表你那宅心仁厚的妹妹……”

“对，她心肠好，”他老婆跟着唱诵，梅西 · 威勒太太也跟着鹦鹉学舌。

“……她今天受到了巨大的打击。”

“没错，”几位女士用训练有素的合唱腔调说道。

多莉看看凯瑟琳，摸摸我的手，仿佛希望我们解释为什么这群人像狗一样，聚在一棵树下虎视眈眈，觊觎着一窝受困的负鼠。我想，她只是想拿点什么在手上，于是不经意地拿起一支莱利落下的香烟。

“真丢人哪，”巴斯特太太甩着小秃脑壳儿，扯着粗嗓门儿叫道，颇有几个人管她叫“秃鹫”，这名号指的，可不仅仅是她的为人。她脑袋很小，净是歪脑筋，肩膀很高，吊吊着，身子却很大。“我说你真不嫌丢人哪。你怎么敢背离上帝这么远，居然像个喝醉酒的印第安人一样，坐在树上抽烟卷，简直像……”

“下贱女人，”梅西·威勒太太及时补充道。

“……像个下贱女人，你妹妹却痛苦难受躺着动不了。”

也许他们对凯瑟琳的描述有一点没错，她确实有一定危险性，此时她挺身而出说道：“牧师太太，不许你管我们多莉叫下贱女人，我这就下来扇你个罗圈腿。”幸好他们没人能听懂她在说什么，若听懂的话，警长可能会开枪打穿她的脑袋，这么说不夸张，城里许多白人还会认为他做得对、打得好。

多莉看来有点吓呆了，又好像镇定自若。瞧，她只是拂掉裙子上的尘土，说道：“想想看啊，巴斯特太太，你会发现我们比你离上帝要更近那么几码。”

“说得好，多莉小姐。这真是个绝妙的回答，”说话的人是库尔法官，他拍着手掌，很赞赏地笑出声来。“当然是他们离上帝更近，”他说，周围那些人表情严肃，很不赞同，可他完全不理会。“他们在树上，我们在地上。”

巴斯特太太转身冲他开火。“我以为你是个基督徒呢，查理·库尔。我对基督徒的认识可不包括嘲笑可怜的女疯子，还给她鼓劲。”

“你不要随便管人叫疯子，泰尔玛，”法官说。“这也不大像基督徒所为。”

巴斯特牧师开火了。“回答我的问题，法官，若不是出于慈善，为了行使我主的旨意，你为什么要跟我们来这里？”

“主的旨意？”法官不可置信道。“对此你并不比我知道得更多。也许上帝就是要这几个人搬到树上去住呢；至少你得承认，上帝从来没吩咐你去把他们从树上拖下来——当然了，除非上帝就是韦莱娜·泰博，你们颇有几个人将她奉若神明，对不对，警长？不，先生，我来这里可不曾奉了谁的旨意，只是我自己想到林间走一走，一年里头此时林间最美。”他采了几朵灰不溜秋的紫罗兰，别在扣子上。

“见你的鬼去，”警长说道，一开口又被巴斯特太太打断了，她说任何情况下都绝不容忍恶语咒骂：对不对，牧师？牧师即刻表示支持，说纵容咒骂他就不得好死。“这里我说了算，”警长通知大家，坏小孩似的下巴朝外撅着。“这是法律案件。”

“谁的法律，朱尼厄斯？”库尔法官平静发问。“别忘了我在法庭上坐了二十七年，比你岁数还要长。小心点。法律没有给我们权利干涉多莉小姐的事。”

警长毫不畏惧，跳了一步要上树。“别再惹麻烦了，”他连哄带骗地说，我们看到他弯弯的犬齿出现在下方。“快出来，你们全都下来。”我们仨仍旧如孵蛋的鸟儿一般坐在原地不动，他继续露出更多牙齿，仿佛要把我们从树上震下去似的，愤怒地晃动树枝。

“多莉小姐，你一向是个平和的人，”梅西·威勒太太说道。“请跟我们回家吧；你不能错过晚饭时间啊。”多莉实事求是地说我们不饿，还问他们饿不饿。“有根琵琶腿谁想吃就给谁。”

坎德尔警长说，“你让我很难办哪，女士，”他又往前拱了拱。树枝吃不住他的分量，咔嚓一声裂断，这残酷而伤心的声音，雷鸣一般传遍了树身。

“如果他胆敢出手碰你们中的任何一个人，尽管踹他的脑袋，”库尔法官建议道。“要我就踹，”他陡然升起一种行侠仗义的冲动：如同灵蛙一般猛然跃起，捉住了警长悬空晃荡的一只靴子。警长立刻捉住了我的脚腕，凯瑟琳只好拦腰抱住我。我们几个穿成一串滑动起来，拉力越来越强，眼看就要一个接一个跌落在地。同时，多莉开始将罐子里剩下的橙子水朝警长的脖子里灌进去，于是他骤然骂了句渎神的脏话，放开了我。他们跌倒在地，警长倒在法官身上，牧师在最底下。梅西 · 威勒太太和巴斯特太太又火上浇油，乌鸦般哇哇乱叫着，倒在他们身上。

多莉被眼前的乱象惊呆了，何况她还负有部分责任，迷惑之下她手里装橙子水的空罐子脱了手，砰的一声砸在巴斯特太太的脑袋上。“对不起，”她道歉，但一片忙乱中，谁也没听见。

等到树下的一团乱麻终于散开，涉及人等纷纷站起来，彼此离得远远的，很不好意思似的，小心翼翼地上下检视自己。牧师看来摔得不轻，但没有伤筋动骨，只有巴斯特太太，脑袋稀疏的头发中间，一个包正在慢慢鼓起来，她算是唯一可投诉的伤员，且立刻就这么做了。“你攻击我，多莉 · 泰博，休要否认，这里人人都是见证，大家都看见你拿那个罐子瞄准我的头。朱尼厄斯，快逮捕她！”

但警长正忙着处理他本人的官司呢。他双手叉在屁股两侧，耀武扬威的样子冲着法官，法官此时正忙着更换扣眼里的紫罗兰花儿呢。“要不是你年纪太老，我他妈一定会打翻了你。”

“我没那么老，朱尼厄斯：只不过比较成熟，懂得男人不该当着女士的面大打出手，”法官说道。他身材挺拔，肩宽背阔，虽然年近七十，看起来却只有五十出头。他握紧了拳头，拳头很硬，长满了毛，就像椰子。“转念再想，”他黑着脸说，“要是你想打，我奉陪。”

当时情况看来，双方还算势均力敌。连警长本人都没把握自己能打赢；他气焰渐渐消散，朝指缝中啐了点口水，说道，至少人家不能指控他殴打老年人。“或是有胆接招，”库尔法官反唇相讥。“得了吧，朱尼厄斯，趁早把衬衫系到裤腰里，收拾收拾回家去吧。”

警长转身朝我们树上几人施压。“你们几个，省点事自己下来，马上跟我回去。”我们毫不理会，只是多莉放下面纱罩住了脸，仿佛拉上帘幕，表示这个话题结束不谈了。巴斯特太太脑袋上的包像角一样越来越鼓，还煞有介事地说：“没关系，警长。不是没给他们机会，”然后又看一眼多莉，再看一眼法官，又补上一句：“你以为能逃得掉，我告诉你吧，你会有报应的，不等上天堂，现世就会报。”

“现世就报，”梅西·威勒太太应声相和。

他们沿小路离开了，耀武扬威昂首阔步，好似婚礼仪仗，转眼进了阳光照耀的地方，红色的草叶翻滚着，将他们的身影吞没了。法官在树下逡巡片刻，朝我们微微一鞠躬，客气微笑道：“我记得您说有琵琶腿，可以请大家吃？”

他简直像是用树的不同部分拼接而成，鼻子像个木楔子，双腿壮实好比老树根，眉毛又粗又硬，像一缕缕的树皮。这棵老树顶上，有一片银色苔藓般的胡须，与头顶中分的发色一般无二，脸颊的颜色，好比是旁边一棵更高的悬铃木，垂下来两片牛皮似的叶子。他的面容，乍看之下给人的整体印象像是个怕羞的乡下人，只是一双眼睛机警如雄猫一般。通常查理·库尔法官是个不爱出风头的人；许多人曾经利用他的谦逊，炫耀吹嘘，可任凭谁也不能像他那样，宣称自己是哈佛大学毕业，并且曾两度去往欧洲游历。即便如此，仍然有人讨厌他，觉得他拿腔作调：不是据说他每天早餐之前都要读上一页希腊文吗？哪有男人扣眼里老戴着朵花儿的？有的人要问了，他要不是目中无人，干吗非要老远跑到肯塔基州去找个女人来做老婆，而不娶我们当地的女人？我不记得法官太太什么样，我还不记事的时候她就死了，所以我讲的这些，都是重复别处听来的说法。据说，小镇从来不曾对艾琳·库尔敞开温暖怀抱，很显然，这得怪她自己。本来肯塔基的女人就很难搞，紧张兮兮，心肠又硬，况且艾琳·库尔娘家姓托德，是鲍灵格林的一户大家（她的一个隔辈表亲，玛丽·托德，嫁给了亚伯拉罕·林肯），艾琳丝毫不掩饰地将自己的态度表现出来，她觉得这里的人愚昧落后，庸俗不堪：她从不请镇上的太太们上门做客，但帮她做针线活的帕尔马小姐传话出来，说她如何将法官的家里铺上东方地毯，摆满古董家具，布置得品味不凡，风格出众。她去教堂都是乘着一辆皮尔斯银箭汽车，车窗来去都摇上来紧闭着，在教堂里她会始终举着一方洒了古龙香水的手帕遮住口鼻：在艾琳·库尔看来，上帝的气息可算不上好。更何况，她还不允许当地的两个医生给他们家人看病，尽管她自己也有点残疾：她腰椎有点错位，所以必须得睡在硬板床上。有些粗鄙的笑话，说法官总是搞得满身木刺。虽然如此，他们还是生了两个儿子，托德和小查尔斯，两个都生在肯塔基，因为他们的母亲特地回故乡生产，以保证孩子生下来就是蓝草州肯塔基居民。有的人想与法官结交，却吃不消他太太的坏脾气，就说他真是受苦，一天好日子也没的过，她去世以后，这些批评者中，即便是最苛刻的也得承认，老查理想必真是非常爱他的艾琳。在她生命最后的两年里，她病得厉害，心情躁郁，于是他退休放弃了巡回法官的职位，带着她出国，到他们当年度蜜月的地方去。她再也没回来；她葬在了瑞士。不久前，我们镇上学校的一位教师，凯莉·威尔斯跟着旅行团去欧洲，我们小镇跟欧洲大陆唯一的联系就是坟墓，有几个当兵的小伙子，还有艾琳·库尔的墓地，凯莉特地带了个拍快照的相机，决心要把这些墓地寻访个遍：她花了整整一个下午的时间，在一片高到云彩里的墓园里跌跌撞撞，却始终未能找到法官太太的墓，这么想想挺滑稽的，这艾琳·库尔，静静躺在山坡上，至今还不情愿接待访客。法官回来之后地位尽失，政客梅塞弗·陶赛普和他的同党当了权，那帮家伙可不能让查理·库尔坐在法庭上碍事。老法官看上去真令人难过，他仪表堂堂，穿着紧身西装，袖子上缝着黑色丝带，扣眼里插着一朵蔷薇花，却整日无所事事，只是去邮局或者去银行而已，真是让人伤心。他的儿子都在银行工作，两人都薄嘴唇紧绷着，严肃谨慎的样子，几乎像双胞胎，肤色雪白，溜肩膀，眼睛泪汪汪的。查尔斯二世大学没毕业就开始掉头发了，他是银行的副总裁，小儿子托德是出纳。他们跟父亲毫无相似，除了一点，他们都娶了肯塔基州的女人做老婆。这两个儿媳妇霸占了法官的家，一分为二，隔成了两套公寓，分别从两个门出入；他们做出安排，法官先跟大儿子一家过一段日子，再到老二家住一阵。难怪他会想到树林去散步。

“谢谢你，多莉小姐，”他说完，用手背抹了抹嘴。“我长这么大，第一次吃这么好吃的琵琶腿。”

“只是根琵琶腿罢了，我们真是无以为报，您真的很勇敢。”多莉说得很动情，很娇羞的语气，我都觉得有些不合适，有失尊重；想必凯瑟琳也跟我有同感，她谴责地瞪了多莉一眼。“您要再来点别的东西吗？吃块蛋糕好不好？”

“不了，夫人，谢谢您，我很饱了。”他从坎肩上解下一只系链金表，然后把表链系在头顶一根结实的树枝上，金表挂在上面，像圣诞树上的装饰一样，轻轻的嘀嗒声如同一种精致小兽的心跳，萤火虫，或是青蛙。“听到时间流逝的声音，会感觉日头更长。我现在懂得欣赏长日漫漫了。”他把松鼠皮毛捋顺，松鼠蜷曲着躺在角落里，仿佛只是睡着了。“正中脑门，好枪法，孩子。”

当然，我马上坦白猎手不是我。“莱利·亨德森，是吗？”法官说道，接着又说正是莱利透露了我们的去向。“在此之前，他们已经花了一百多美元的电报费，”他告诉我们，想到这些，他不禁笑出了声。“我猜就是心疼这些钱，韦莱娜才躺倒在床上的。”

多莉皱眉道，“这真是莫名其妙，他们一帮人那么穷凶极恶的。看起来他们气急败坏，恨不得要我们的命，可我不明白为什么，不明白这跟韦莱娜有什么关系：她明明知道我们离开是为了让她清静，我跟她说过，甚至还给她留了个字条。但如果她病倒了——是不是，法官？我从没见过她生病。”

“一天也没有过，”凯瑟琳说。

“唉，她就是心烦罢了，”法官心知肚明地说。“不过韦莱娜这个人，就算病倒了，一片阿司匹林就能好起来。我记得当初她要重整墓地，要准备几个墓穴给她自己和你们泰博家人。咱们这里有位太太找到我说，法官哪，你说韦莱娜·泰博是不是镇上最病态的一个，居然想给自己挖那么大一个墓穴？我说，不，唯一病态的是，她居然肯花大价钱修墓，其实她一刻也不曾相信自己终有一天会死去。”

“我不想听人说我妹妹不好，”多莉忙说。“她工作努力，应该得到她想要的东西。是我们的错，我们让她失望了，她家里没有我们容身之处。”

凯瑟琳嘴巴里塞的棉花团蠕动起来，像在咀嚼烟叶。“你是不是我的心肝儿多莉？还是个伪君子？他是咱们的朋友，你该跟他实话实说。那个人跟小犹太要偷咱的药……”

法官请求翻译，但多莉说都是废话，不值得重复，又岔开话题，问法官懂不懂剥松鼠皮。他恍惚地点点头，目光越过我们，望向我们头顶，橡子般的眼睛凝望着映照在天空下，微风拂过的树叶。“也许我们大家都没有容身之处。但是我们知道某个地方是我们安身的所在，如果找到了，哪怕只是在那里短暂居留，我们也算是福星高照了。这里大概就是你们的所在，”他说着，微微颤抖，仿佛天空有巨翼展开，撒下带有寒意的阴影。“也是我的所在。”

怀表在微妙的嘀嗒声里转动着，下午的光阴渐渐弯到了黄昏。河上的水汽，秋日的薄雾，暮色四合，树影泛蓝，光晕笼上，冬天般的气氛将苍白的太阳裹在里面。法官仍然不肯离开我们，“两个女人和一个孩子？单独过夜怎么行？还有朱尼厄斯·坎德尔和那帮家伙，上帝晓得他们想搞什么鬼？我得跟你们一起。”自然，我们四个人之中，法官在树上待得最自在。看着他真是令人心生愉悦，像野兔的鼻子闪闪亮，感到自己又成了男子汉大丈夫，还要保护妇孺。他用折叠刀给松鼠褪了皮，我借着昏黄的天光捡了些木柴，在树下生了堆火，架上煎锅。多莉开了一瓶黑莓酒，借口说搪搪寒气。松鼠果然很好吃，肉质鲜嫩，法官很得意地说，有机会我们该尝尝他做的炸鲶鱼。我们静静地啜饮莓酒，篝火渐凉，树叶的气味与烟气飘过，引起无限秋思，我们叹息着，倾听草叶海潮一般的歌声。玻璃罐里烛火摇曳，几只吉卜赛飞蛾围着火光飞舞，仿佛在指挥黄色的烛光在幽黑的树枝间跃动。

就在这时，我们并非确切听到脚步声，只是隐约感到有侵入者：也许只不过是月亮升起来罢了，但那晚并没有月亮，也没有星星。天色漆黑，就像黑莓酒的颜色。“我觉得有人——有东西，在下面，”多莉说出了我们共同的感觉。

法官把烛火举起来。夜行动物见到光亮，都悄悄隐匿，一只雪枭飞过树梢。“谁在那里？”他像战士一样，鼓起勇气挑衅地问道。“快答话，下面是谁？”

“是我，莱利·亨德森。”果然是他。他从阴影中现身，抬头对我们露出笑容，烛光的映照下，他的表情看起来扭曲而怪异。“我就想来看看你们怎么样了。希望你们不要生我的气：要是我早知道怎么回事，肯定不会说出你们在哪儿的。”

“没人责怪你，孩子，”法官说，我想起来，正是法官帮莱利打赢了跟他叔叔霍利斯·霍顿的官司，他们之间有某种共识。“我们在这里喝点小酒。我想多莉小姐肯定高兴请你也来跟我们一道。”

凯瑟琳抱怨地方不够，说再加一盎司，这些老木板就要塌了。可我们还是挤到一起，让出点地方给莱利，他刚刚挤进来，凯瑟琳就一把抓住了他的头发。“叫你今天不要那样拿枪指着我们，还有，”她说着，又搡了他一把，吐字清楚让他能听懂，“你把警长招来对付我们的账也要算。”

我觉得凯瑟琳很凶很粗鲁，但莱利并不介意，只是好性情地哼了几声，建议她趁黑夜没过去，赶紧去干点别的，别净是扯人家头发。他告诉我们说，镇上都闹腾起来了，跟星期六晚上似的，人头攒动，尤其是牧师和巴斯特太太，正打算找麻烦呢。巴斯特太太坐在他们家门廊上，给访客们看她脑门上的肿包。他说坎德尔警长已经说服了韦莱娜，同意签署文件，要求逮捕我们，理由是我们盗窃了属于她的财物。

“法官啊，”莱利说，他表情严肃，又迷惑，“他们还想出主意，说要逮捕您。扰乱治安，妨碍司法公正，我听说的。也许我不该跟您说这些——可在银行外头，我碰到了您的儿子托德。我问他，打算怎么办，我是说，他们要逮捕您；他说不怎么办，说早料到会有这种事，说您是自找的。”

法官倾斜身体，吹灭了蜡烛；仿佛他脸上浮现了某种表情，不想让我们看到。黑暗里，我们中有人在哭泣，过了一会儿，我们发觉那是多莉，她落泪的声音，迸发出静静的爱意，传遍我们围坐的一圈，撞击着每个人。法官温柔地说：“他们来的时候，我们得做好准备。现在，大家听我的……”

第三章

“我们必须清楚自己的位置，才能捍卫它，这是基本原则。因此：是什么让我们走到一起来的？是麻烦。多莉小姐和她的朋友们，他们惹上了麻烦。你，莱利，我们俩都有麻烦。我们属于这间树屋，不然我们就不会在这里了。”在法官信心十足的话音中，多莉渐渐平静下来；他说：“今天，当我跟着警长那一群人出发的时候，我是这样一个人，认定自己的生命会无声无息度过，无人交流，去无痕迹。现在我认为我不至于这么不幸。多莉小姐，有多久了？五十，六十年？我认识你已经这么多年了，当初你还是个拘谨害羞爱脸红的孩子，坐在父亲的车上进城——从来不从车上下来，因为你不想让我们城里的孩子看见你没有穿鞋。”

“她们有鞋穿，多莉和那个人，”凯瑟琳嘟囔着，“是我没有鞋穿。”

“这么多年来我认识你，却从来不了解你，从来没有像今天这样，了解你是这样的人：你是个灵性的人，异教徒……”

“异教徒？”多莉显得有点警觉，却饶有兴趣等他说下去。

“总之，你是个有灵性的人，单凭眼睛看不透的人。灵性的人接受生活的安排，承认差异——结果就老是惹麻烦。至于我，我从来就不该当法官；我做法官，经常会站错立场：法律不认可差异。你们还记得老卡普尔吗？那个打鱼的，从前在河上有个船屋？他被赶出城去——因为想跟那个可怜的有色人种姑娘结婚，我想那姑娘现在是给鲍斯顿太太干活呢。你知道她爱卡普尔，我从前去钓鱼的时候常看到他们，两人在一起很幸福；她对于卡普尔的意义，我生命中没有哪一个人可比。世上唯一的那个人——对他毫无保留的那个人。但是，如果他成功跟那个姑娘结了婚，警长就有责任去逮捕他，我的责任就是要审判他。有时我不禁想象，所有那些被我宣判有罪的人，把真正的罪恶感传给了我。我之所以想要在有生之年有一次可以站对立场，部分原因正是如此。”

“这次你就站对了。那个人和犹太人……”

“嘘，”多莉说。

“世上唯一的那个人，”莱利重复着法官的话，带着些疑问的语气。

“我是说，”法官解释道，“一个你可以无话不谈的人。我想往这样一个人，是不是很傻？但是啊，我们费尽心力，彼此隐瞒，怕暴露自己。可如今我们就在这里袒露无余，五个傻瓜，待在树上。如果我们懂得利用，那这就是个天赐的好运气：再也无须担忧我们表面的形象——尽管去探究我们到底是谁。如果我们知道，没人能令我们改变初衷；我们的朋友是出于对自己的不确定，才会合谋否认差异的存在。过去，我渐渐妥协，把自己交付给陌生人——萍水相逢，擦肩而过就消失不见的人们。这些人加在一起，也许就是世上唯一的那个人——只不过他有十几张不同的面孔，走在上百条不同的街道上。这是我的好机会，让我找到那个人——就是你，多莉小姐，莱利，你们大家。”

凯瑟琳说，“我可不是什么十几张面孔的人：告诉你，”多莉听了有点恼火，对她说，如果不能好好说话，客客气气的，还不如去睡觉。“可是，法官啊，”多莉说，“我不知道你是希望我们彼此倾诉些什么？秘密吗？”她怯怯地问。

“秘密，不，不。”法官划亮一根火柴，重新点燃了蜡烛；烛光映亮了他的脸，表情出人意外地十分悲切：我们得帮他，他在哀求。“说起这样的夜里，没有月亮。说些什么也都不要紧，只要说的人怀着信任感，听的人怀着同情心就行。我的妻子艾琳，她是个了不起的女人，我们本可以无话不说，可是，唉，我们毫无结合之处，没有可能相交。她在我怀中离世，最后我说，你幸福吗？艾琳？我有没有让你幸福？幸福，幸福，幸福，这就是她最后的话，模棱两可。我一直没明白，她到底是表示肯定，还是仅仅在重复我的话？如果我一向真的了解她，我就应该知道答案。我的儿子，我享受不到他们的尊重：我一直希望，与其说是作为父亲，不如说作为一个人，得到他们的尊重。不幸的是，他们认为他们掌握着我见不得人的秘密。我这就告诉你们是什么事。”他锐利的目光映照着烛火，一个一个扫过我们，仿佛察看我们是否专注，值得信赖。“五年，近六年以前，我坐在火车上，有个孩子将一本儿童杂志落在我的位子上，我拿起来翻看，无意中看到封底上有些孩子为了征集笔友公布的邮寄地址。有个阿拉斯加的小姑娘，她的名字吸引了我的注意，叫海瑟 · 富尔斯。我给她寄了张明信片；看在上帝分上，这样做看起来没有坏作用，又很愉快。她立刻回信，那封信令我很惊讶。信里非常聪慧地讲述了阿拉斯加的生活——她对父亲的牧羊农场，还有北极光的描述引人入胜。她十三岁，还附带了一张本人照片给我——不漂亮，但一看就知道是个聪明又好心的孩子。我从旧相册里翻出一张自己十五岁去钓鱼时拍的一张柯达快照——在户外，晒着太阳，手里拎着一条鳟鱼：照片看起来还比较新。我给她写信，假装自己就是那个男孩，跟她讲我圣诞节收到了一杆枪，说我家的狗生了宝宝，我们给小狗起了名字，还描述了一场来镇上表演的帐篷歌舞秀。再一次长大成人，有个心上人在阿拉斯加——对于我这么一个独坐家中听着钟表嘀嗒声的老人来说，很有趣。后来，她写信告诉我说她爱上了一个相熟的小伙子，我感到一阵强烈的嫉妒，就像年轻人一样；但我们仍然是朋友：两年前，我告诉她说我在准备去读司法学校时，她给我寄来一个小金块——会给我带来好运，她说。”他从衣袋里掏出来，拿给我们看：那姑娘仿佛近在眼前，海瑟·富尔斯，仿佛他手心里捧着的这件温柔明亮的礼物，是她心灵的一部分。

“他们认为这很丢人吗？”多莉说，三分义愤七分恼火。“就因为你跟一个远在阿拉斯加的孤独小孩做朋友，陪伴她？那里总是下雪。”

库尔法官合上手，将金块握在掌心里。“他们倒也没跟我提过。但我听到过他们夜里讲话，我的儿子和媳妇们：讨论该拿我怎么办。当然，他们偷看过我的信。我信不过给抽屉上锁——一个人，在至少曾经属于自己的家里，没了钥匙都不能生活，我觉得很荒唐。他们认为这些说明……”他敲了敲自己的头部。

“我曾经收过一封信，柯林，宝贝儿，给我来一杯，”凯瑟琳伸手指指酒瓶，说道。“没错，我曾经收到过一封信，现在还收着呢，保存了二十年，一直捉摸到底是谁写的。信上说你好凯瑟琳，快来迈阿密跟我结婚吧，爱你的比尔。”

“凯瑟琳，有人跟你求婚——你竟然从来没跟我提过一个字？”

凯瑟琳耸耸肩。“哎，多莉心肝儿，法官怎么说来着？对谁也不可能说出一切。再说，我认识好几个叫比尔的——没一个我想嫁。我一直费劲捉摸的是，到底是哪一个比尔写的这封信？我很想知道，因为这是我唯一收到过的一封信。可能是给我家房子盖屋顶的那个比尔；当然，等到屋顶盖好的时候——我的老天啊，我都老了，很久不去想这些事儿啦。还有一个比尔来犁花园的土地，那是 1913 年春天；那家伙地犁得可直了。还有一个搭鸡窝的比尔：走了，去普尔曼工作了；可能就是他给我写的信。也许比尔——哎，不对，他名叫弗雷德——柯林，宝贝儿，这酒真不错。”

“那我也再添一点儿，”多莉说。“我说，凯瑟琳让我大大……”

“唔，”凯瑟琳说。

“如果你讲话再慢一点，或者少嚼点……”法官以为凯瑟琳嘴里的棉花团是烟草呢。

莱利好一会儿闷声不响，只是低垂着身子，目光直盯着无人的黑影：我，我，我，一只鸟叫起来，“我——您说得不对，法官，”他说。

“为什么呢，孩子？”

莱利脸上浮现出我发现他特有的无措感。“我没惹麻烦：我什么都没有——也许你会认为这就是我的麻烦？我躺着睡不着时就想，我都懂得做什么呢？打猎，开车，鬼混；一想到可能今后就一直这么下去，我就害怕。还有一件，我没有感情——除了对两个妹妹以外，但那是不同的。比如，我曾跟一个岩石城的姑娘好了近一年，这是我交往时间最长的一个姑娘。我想大约是在一周以前，她大发雷霆，说你的心哪去了？她说如果我不爱她，她不如趁早死了干净。于是我把车停在了铁轨上；我说，我们就在这里坐着不动，新月号大约二十分钟后就到了。我们就那么彼此凝望，我想，这真是糟糕，我盯着你看，却没有任何感觉，除了……”

“除了虚荣？”法官说。

莱利没有否认。“若是我的两个妹妹长大了，能够照顾自己，我可能会愿意等到新月号开过来撞倒我们算了。”

听他说这些话，难过得我肚子都痛；我渴望着能告诉他，我最最想往的，就是能够像他这样。

“你前面说起那世上唯一的一个人。为什么我就不能把她当成这个人呢？我想要这么一个人，我一个人不行。也许，如果我能够像那样喜欢一个人，我就会做些打算，付诸实施：买下帕森斯广场后面那块地，在上面造房子——如果我安静下来，我就能做这些。”

突然起风了，吹得树叶呜呜响，吹散了夜晚的云彩，释放出明亮的星光，我们的蜡烛，仿佛被这明丽的、撒满星星的夜空那意外的光华给吓倒，熄灭了，我们看到高远的上方，展开一弯冬夜的月亮：就像一道雪痕，远近的动物都对着它呼唤，弓着身子的青蛙，眼睛里都是月色；还有一只声音尖利的野猫。凯瑟琳将玫瑰拼布的被子拽出来，坚持让多莉裹在身上；然后她伸出双臂抱着我，揉我的脑袋，直到我放松下来，靠在她胸口歇息——你冷吗？她说，我靠她更近些：她又温暖，又舒服，就像那间旧厨房。

“孩子，我得说，你开头就找反了方向，”法官说着，将外套的领子竖起来。“你怎么可能只喜欢一个女孩？你可曾喜欢过一片树叶？”莱利听着野猫的叫声，脸上显出猎人技痒的神情，他伸手去捉树叶，一片片在我们周围飞舞，如同午夜的蝴蝶，活的，翻腾着，仿佛要逃走，飞跑，有一片被他捉在指缝里。法官也是：他也捕捉了一片叶子，叶子在他手上，仿佛比在莱利手上更有价值。他轻轻将叶子贴在脸旁，淡淡地说，“我们说的是爱。一片树叶，一把种子——从这些开始，一点一点，学习什么是爱。开始只是一片树叶，一场雨，然后你从树叶那里学到了什么，一场雨又催熟了什么，有人来接受你从这些东西里领悟到的爱。你得明白，这个过程并不容易；也许要耗费一生的时光，我就这样耗费了一生，至今也没有完全掌握——我只知道事实就是这样：爱是一连串发生的，正如自然是一连串的生命串起来的。”

"这么说来，"多莉深吸一口气，说道，"我一生都在爱。"她蜷缩在被子里。"哦，不，"说着，声音瑟缩了。"我想不是。我从没爱过一个，"她迟疑着，寻找准确的字眼，这时，风拂弄着她的面纱。"男士。可能是因为我从来没有这个机会。除了爸爸，"她停顿一下，仿佛说得已经太多了。薄纱似的星光像被子一样，将她笼在里面，也许是叫声单调的青蛙，也许是远处草地传来的一连串的语声，诱惑着她，催促着她继续说下去："但我爱其他的一切。就像爱粉红色；我小的时候只有一支彩笔，是粉红色的；我画粉红色的猫，粉红色的树——整整三十四年，我都住在一间粉红色的房间里。我藏着一个盒子，现在大概在阁楼上某个地方，我得求韦莱娜，千万要把盒子给我，如果能再见到我最初的爱，那该多好：里面有什么？一片干的蜂巢，一个空马蜂窝，别的东西，还有一个插着丁香的橙子，一只鸟蛋——我爱的时候，这些爱在我心里堆积起来，在我身边飞翔，就像鸟儿飞在向日葵地里。但这些东西最好不要让别人看到，会增加别人的负担，让他们，我不知道为什么，会让他们不开心。韦莱娜总是骂我，说我躲在角落里，但我怕，如果我让别人知道我喜欢他们的话，会吓到人家。就像保罗·吉姆森的老婆，他病了以后，没办法继续送报纸，记得么？是她接手了丈夫从前的线路。可怜的小女人，拖着那么大一袋子报纸，举步维艰。有天下午，天很冷，她来到门廊上，她流着鼻涕，冷得眼泪在眼眶里打转——她把报纸送下，我说，等等，请稍等，然后拿我的手帕帮她擦擦眼睛；我想说，如果能说，说我很难过，说我爱她——我用手拂过她的脸，她轻声叫了一下，转身跑下了台阶。打那以后，她总是从街上把报纸扔过来，每次听到报纸砸到门廊的声音，都仿佛敲在我的骨头上。”

“保罗·吉姆森的老婆：就为了这么个垃圾货，也值得你难过成这样！”凯瑟琳说着，把最后一口酒倒进嘴里。“我有一缸金鱼，就因为我喜欢它们，并不是说我就热爱全世界了。爱什么乱七八糟的，奶奶个腿的。你爱怎么说怎么说，一点好处没有，只有坏处，把那些早该忘记的事又提起来。人就该管好自己的事。你最最深的心里那部分，才是好的部分，一个人到处说自己的私事，那他还剩下什么？法官，他说我们待在树上，是因为什么麻烦。扯淡！我们在这里的原因明摆着呢。其一，这树屋是我们的，其二，那个人和犹太人合伙，想偷走属于我们的东西。其三，你们在这里，你们每个人，是因为你们想来：你心里头最深处的声音这么对你说的。这最后一条不是说我。

我喜欢头上有屋顶。多莉心肝儿，把你那被子分一角给法官：他冻得直抖，跟万圣节吓着了似的。”

多莉羞涩地掀起被子一角，冲他点点头。法官可一点都不害羞，立刻钻了进去。楝树枝摇摆着，仿佛很大很大的船桨，伸到海里划着，很远很远处的星光更添了几分寒意。莱利落了单，一个人蜷缩着像个可怜的孤儿。“过来挤挤，硬脑壳儿，你跟别人一样也冷啊，”凯瑟琳说着，邀他靠到右手边，她左边的位置是我占据着。看起来他不想过来；也许他留意到凯瑟琳身上闻起来像苦菜味，不然就是他觉得这样很像娘们；可我说来呀，莱利，凯瑟琳身上又暖和又舒服，比被子好多了。过了一会儿，莱利挪过来跟我们靠在了一起。很长时间都寂静无声，我以为大家都睡着了。这时我觉察到凯瑟琳身体僵硬起来。“我刚想起来那封信是谁写的：是比尔无名氏。是那个人，就是她。跟我姓克里克名凯瑟琳一般明确无误，绝不会错。她找了个迈阿密黑人给我写信，以为我会拔腿就溜，再也没我消息了。”多莉睡意朦胧地说，安静，现在安静，闭上眼睛：“没什么可怕的；这里有男人保护我们。”一根树枝朝后摆，月光点亮了大树。我看到法官握着凯瑟琳的手。这是我见到的最后的景象。

第四章

莱利第一个醒来，然后叫醒了我。天际三颗晨星在喷薄欲出的太阳冲击之下，昏昏欲坠；晨露撒满树叶，一连串的黑鸫鸟接连起飞，去迎接初升的晨光。莱利示意我跟他走，我们默默滑下树去，凯瑟琳正在大声打鼾，根本没听到我们离开，多莉和法官也没有，他们就像两个孩子，迷失在巫婆控制的树林里，两个脸颊挨在一起睡着了。

我们朝河边走去，莱利带路。他的帆布裤子两条裤腿互相摩擦，发出细碎的声响。每走几步，他就停下来伸展一下，仿佛他乘了一晚上火车。某个地方我们看到一窝红蚂蚁，早起活动，忙碌着。莱利解开裤子，开始放水冲它们；我不觉得很可笑，但还是大笑着给他捧场。所以，当他转身朝我的鞋上撒尿时，我感到很受伤。我想他的意思是说他完全不尊重我。我对他说，为什么他要这么做？你不懂得开玩笑吗？他说着，伸过手臂揽住我肩膀。

如果这样的事件可以载入史册，那我可以说这就是我和莱利·亨德森交上朋友的那一刻，在这一刻，至少他开始对我有点亲近的感情，足以支撑我对他的好感。我们穿过黑褐色树干下面生长的黑褐色石南，走向树林深处，朝河边走去。

红色手掌似的树叶漂浮在绿色的缓缓流淌的河水上。一根落水的枯木伸出水面，好像一只水兽探头探脑。我们来到旧船屋边，这里的水更清。船屋有点倾斜，河水冲刷过来的浮尘堆积在屋顶和倾斜的甲板上，像生了一层很厚的锈。船舱里面很奇怪，看起来像是有人照看的样子。周围散落着几期探险杂志，桌上有一盏煤油灯，还摆着一排空啤酒瓶，双层床上铺着毯子，摆着枕头，枕头上还有口红留下的粉红色印子。我一下子明白了，船屋是什么人的藏身之地，然后看到莱利熟门熟路的样子，浮现出的笑容，我明白了这地方是谁的。“还有呢，”他说，“你可以在边上钓鱼。谁也别跟人说啊。”我满怀钦佩地在胸口画个十字做出保证。

我们脱衣服的时候，我做了个白日梦。我梦到我们五个人一起上船，开拔起航：我们洗净的衣服晒得高高的，像帆一样飘扬着，灶间里烤着一个椰子蛋糕，窗台上摆着一盆天竺葵花儿——我们一起顺河漂流，路过不同的河道，变幻的风景。

残夏的余温烘暖了初升的太阳，但初涉水中，还是冷得我浑身发抖，起了一身鸡皮疙瘩，我站回甲板，看着莱利大无畏地拍击着水，从岸这边游到那边。水中有块小洲，长满了芦苇，一根根像仙鹤的长脚立在水里，在一片浅水中随风轻摆，莱利站起身，趟着水在芦苇间溜达，目光低垂着，搜寻着。他朝我示意。虽然冻得难受，我还是轻轻下到冰冷的河水里，游过去找他。芦苇荡里水很清，河床分成一个个及膝深的水洼——莱利俯身其一上方：在这洼浅水里，一只炭一样黑的鲶鱼懒洋洋地待在里面，逃不掉了。我们俩把手伸开，撑成叉子似的，朝它逼近：鲶鱼猛然摆尾，一头跃进了我手里。鲶鱼锋利带刺的须子划破了我的手掌，但我还是集中意志抓紧不放——感谢老天，那可是我这辈子捕到的唯一一条鱼。大多数人听我说起曾徒手捉过一条鲶鱼时，都不相信，我就说不信你去问莱利·亨德森。我们用一根芦苇穿着鱼鳃，高举着，游回了船屋。莱利说这是他见过最肥的鲶鱼之一：我们可以带回树屋，既然法官吹牛说他做炸鲶鱼很在行，那就让他烧来做早饭吃。结果，这条鱼始终没有被吃掉。

这时树屋那边发生了很可怕的情况。我们不在的时候，坎德尔警长带着手下和逮捕令回来了。这时，我和莱利还一派懵然，对即将发生的一切一无所知，两人一道慢悠悠走着，时而踢踢毒蘑菇，时而停下来往水里扔石头打水漂玩一阵。

我们还隔着一段距离，就听到喧闹的声音传了过来；吵闹的声音在林中回响，就像斧头砍树的重击声。我听到凯瑟琳在尖叫，不如说是怒吼。这声音吓得我腿发软，跟不上莱利，他拣了根树枝，撒腿就跑起来。我这边转个弯，那边再转个角，中途还绕错了路，跑到了印度草丛的边上。凯瑟琳就在那里。

她的衣服前面都撕开了，几乎是半裸着。三个大男人，雷伊·奥立佛，杰克·米尔还有大个子艾迪·斯杜沃，都是警长的铁哥们，正拖着她，穿过草丛，边走边打。我想杀了他们，凯瑟琳拼命想这么干，但她根本没有机会——可她还是用脑袋撞他们，用肘部捅他们。大个子艾迪天生是个没爹认的私生子；另外俩人是著名的混账。大个子艾迪扑上来捉我，我把鲶鱼直甩过去砸到他脸上。凯瑟琳说，“你放了我的孩子，他是个孤儿”，她看到我被拦腰抱住，又说，“他的蛋蛋，柯林，踢他的老蛋蛋。”于是我照做了，大个子艾迪的脸皱成了一锅粥。杰克·米尔（一年后他被关进冰工厂冻死了：活该）过来抓我，但我冲向草地，在最高的草丛里蹲下身去。我想他们也没心思搜寻我，光凯瑟琳一个人就够他们忙不过来了；她一路在跟他们搏斗，我看着她，痛心地知道我救不了她，直到他们走出我的视线，翻过山坡，到墓地那边去了。

头顶上两只乌鸦呱呱叫着飞过，又飞回，仿佛发布什么恶兆。我朝树林方向爬行——这时我身边传来皮靴踩过草丛的声音，是警长，跟他一道的还有一个人，叫威尔·哈里斯。那家伙有房门那么高，肩膀宽得像头水牛，威尔·哈里斯曾经被疯狗咬烂了喉咙，伤疤很难看倒也罢了，他的嗓子坏了才叫糟糕：声音轻浮跟小孩似的，像个侏儒。他们经过时离我很近，我几乎可以解开威尔的鞋带。他那尖利的声音在对警长说话，时而冒出莫里斯·里茨和韦莱娜的名字：我分辨不清，只知道莫里斯·里茨出了什么事，韦莱娜让威尔叫警长回去。警长说："那该死的女人到底要怎样，要派支军队吗？"他们走了以后，我跳起来跑进树林。

大楝树映入眼帘，我藏到一片蕨类丛里：心想附近可能还有警长的人在活动。但什么人也没有，只有一只孤单的小鸟在鸣唱。树屋里也没有人：雾气如鬼影一般，缕缕阳光照进来，里面一片空寂。我呆呆地走出来，将脑袋靠在树干上，这时，船屋的幻象又浮上脑海：我们的衣服在风中飘扬，天竺葵开着花，河水载着我们驶向大海，驶向外面的世界。

“柯林。”天上传来呼唤我的声音。“是你的声音吗？你在哭吗？”

是多莉，从某个我看不见的地方呼唤我——直到我爬到树上最密的地方，才看到上面远处垂下多莉的一只小鞋。“小心点，孩子，”法官说，他在多莉身旁，“你会把我们晃下去的。”真的，他们俩就像海鸥栖在大船的桅杆上一样，坐在树顶的枝干上；后来多莉常会说起上面风景那么迷人，她都后悔以前没上去过。原来法官及时看到了警长和他的人靠近，于是两人可以有时间躲到高处去。“等等，我们来了，”她说完，一只手由法官搀扶着，淑女下楼梯一般，缓缓下来了。

我们互相亲吻，她抱着我不撒手。“她去找你们了——凯瑟琳；我们不知道你去哪了，我很害怕，我……”她的恐惧一直传到我手上：她就像只小动物浑身发抖，仿佛是刚从陷阱里捞出来的小兔。法官目光很惭愧，手足无措；他看起来心里很不安的样子，也许是因为他认为自己没能阻止凯瑟琳的事。可他又能做什么呢？如果他去帮凯瑟琳，只会连自己也被人捉走：警长还有大个子艾迪·斯杜沃他们那帮人可不是闹着玩的。我才是应该愧疚的那个。如果不是凯瑟琳出去找我，也许他们本来抓不到她。我讲了草地里发生的事。

但是多莉根本不想听。仿佛想驱散噩梦一般，她把面纱撩了起来。“我想要相信凯瑟琳不在了，可我做不到。如果可以我想跑去找她。我想要相信这一切是韦莱娜干的，可我做不到。柯林，你怎么想？说到底这个世界坏透了是不是？昨天晚上我以为不是这样的。”

法官凝神望着我：我想，他是想要告诉我该怎么回答。可我知道答案。一切私密的世界都是好的，不论怎样的热情在炙烤，人们的内心世界永远不庸俗下流：多莉的世界将她塑造得太过文雅，她与我和凯瑟琳共享的那个世界，以至于她觉察不到别处流转的恶意：不，多莉，世界不是那么坏。她抬手在额头上抹过；“如果你说得对，那么一会儿凯瑟琳就会从树下走过——她虽然找不到你和莱利，可她会回来的。”

“说起来了，”法官问道，“莱利在哪儿呢？”

我最后见到他时，他跑在我前面。我和法官顿时焦虑起来，站起身齐喊他的名字。我们的声音一遍一遍慢慢盘旋在林中，一遍又一遍空空只有寂静的回声。我知道出了什么事：他一定是落到印第安人的老井里去了——我知道很多这样的事例。我刚要讲出我的猜想，突然法官将一根手指竖到唇边。这个人耳朵肯定像狗一样灵敏，我根本什么都没听到。但他是对的，确实有人沿着小路过来。来的是莫德·赖尔登和莱利的大妹妹，聪明的那个，名叫伊丽莎白。她们俩是很亲密的朋友，穿着一样的白毛衣。伊丽莎白提着个装小提琴的盒子。

“看这里，伊丽莎白，”法官的话惊到了那两个姑娘，她们当时还没发现我们呢。“看这里，孩子，你看到你哥哥了吗？”

莫德第一个恢复了镇静，回答法官的问题。“我们的确看到他了，”她很肯定地说。“我送伊丽莎白下课回家，碰见莱利以每钟头九十英里的速度狂奔过来，差点撞倒我们。你得跟他谈谈，伊丽莎白。总之，是他让我们到这里来，跟你们说别担心，说他回头会解释一切。不知道他什么意思。”

莫德和伊丽莎白跟我都是学校里同班的同学。她们都跳过一级，去年夏天就毕业了。我对莫德更了解，因为有一个夏天，我跟她妈妈学过钢琴；她爸爸教小提琴，伊丽莎白·亨德森是他的学生之一。莫德本人的小提琴拉得很棒；就在一个星期前，我在小镇的报纸上才看到，说她应邀要去伯明翰电台一个节目上演奏，我听到消息很高兴。赖尔登一家人很好，待人友善，性情愉快。我去跟赖尔登太太上课，并不是因为我想要学钢琴，而是因为我喜欢她的金发大身量，还有我们坐在华丽的散发着亮光漆和专注气息的立式钢琴前时，那些文雅，又富于同情的谈话；我尤其喜欢的是下课以后，莫德会邀我在她家凉爽的后门廊喝上一杯柠檬水。她是个塌鼻头，尖耳朵，瘦瘦的姑娘，很容易激动。她继承了爸爸的爱尔兰裔黑色的眼睛，和妈妈的白金色头发，那么浅的金色，好像晨光明媚——跟她的好朋友，深沉忧郁的伊丽莎白完全不同。我不知道她们俩在一起的时候都谈些什么，也许书啊，音乐什么的。但跟我聊天的时候，莫德说的总是男孩，约会，药房八卦之类：我是不是觉得莱利·亨德森整天追逐那些烂女孩是件很糟糕的事？她为伊丽莎白感到难过，认为尽管有种种坎坷，伊丽莎白仍是自尊自重，这样很棒。不需要什么天才就能看出莫德一颗心都在莱利身上；尽管如此，曾有段时间我还幻想自己爱上了她。我在家里总是提起她的名字，最后凯瑟琳终于说哎呀，莫德·赖尔登啊，实在是瘦得皮包骨——一把抓不到什么，男人准是疯了才肯在她身上花工夫。有次我约莫德出去，亲手为她做了个豌豆花的胸花儿，然后请她去菲尔咖啡馆吃堪萨斯城牛排；后来还去罗拉酒店跳了舞。可她仍然表现冷淡，我跟她道晚安分手的时候，她根本不给机会吻她，“我觉得没必要，柯林——不过你真可爱，特地约我出来。”我很失望，你看得明白；但我没有纵容自己多琢磨，我们保持了友情，关系没有什么改变。有一天，下课的时候，赖尔登太太略过了惯常的程序，没有布置一首新曲子叫我回家练习；而是很善意地对我说她建议我不要继续来上课了：“我们都很喜欢你，柯林，不用我说你也知道，我们家随时欢迎你。但是亲爱的，事实上你没有音乐天赋；有时候会碰到这种情况，我觉得要假装事情不是这样，对我们俩都不公道。”她说得对，可我的自尊心还是受到打击，我禁不住有被赶出门外的感觉，一想到赖尔登一家我就很痛苦，渐渐地，我忘记了自己好容易才学会的几首曲子，同时也在心里拉起了一道帘幕，跟他们疏离开来。开始莫德放学之后还会叫住我，请我去她家玩；我总是找各种理由推脱；再说冬天到了，我更喜欢跟多莉和凯瑟琳一起待在厨房里。凯瑟琳问我，为什么你不再说起莫德·赖尔登了？我说因为我不想说，就这样。但是虽然我不说，但一定还是在想她。反正，当我看到她在树下，旧时的情感又涌上胸口。我第一次从旁观者的角度来考量我们的情况：我们几个，多莉，法官和我，在莫德和伊丽莎白看来，是不是很滑稽？她们可以评判我，猜测我，因为我跟她们同龄。但从她们的反应来看，仿佛我们只是在街头或者杂货店偶遇而已。

法官说，“莫德，你父亲怎么样了？听说他最近身体不大舒服。”

“他没啥好抱怨的。你知道男人嘛，总是这里那里找不好受。您呢，先生？”

“遗憾哪，”法官说着，脑袋里有点犯嘀咕。“跟令尊传达我的问候，说我希望他感觉好点了。”

莫德通情达理表示让步：“我会的，先生，谢谢您。我相信他会感激您的关心。”她撒开裙摆，在青苔地上坐了下来，尽管不大情愿，伊丽莎白也跟着坐在了她身边。没有人给伊丽莎白起绰号；一开始你可能会昵称她叫贝蒂，但一个礼拜之后，就又变成伊丽莎白了：她就有这样的效果。她举止慵懒，软骨头，一头沉重的黑发，脸上经常全无表情，有时显得很圣洁——她百合茎一般的脖颈上戴着一个珐琅质小盒，里面藏有一张她那位传教士父亲的小照片。“瞧，伊丽莎白，多莉小姐戴的帽子可爱吧？天鹅绒的，带面纱。”

多莉如梦方醒，拍了拍头。“我平常不戴帽子的——我们打算出门旅行的。”

“我们听说你们离开了家，”莫德说，接着开诚布公地继续说：“其实大家都在说这件事。是不是，伊丽莎白？”伊丽莎白毫不在意地点点头。“挺美的，传言有些很奇怪的说法。我说。我们来这里的路上，碰到了格斯·汉姆，他说那个有色女人凯瑟琳·克鲁克（她是姓这个吗？）因为用广口瓶打巴斯特太太被逮捕了。”

多莉语调有点变了，她说，“凯瑟琳——跟这事一点关系都没有。”

“我猜确实有人打了她，”莫德说。“我们今天上午在邮局看到巴斯特太太了，她给所有人看脑门上的肿包，挺大一个呢。我们看着挺真实的，对不对，伊丽莎白？”伊丽莎白打个哈欠。“说实在的，我才不管是谁打她的，我觉得打中她的人应该得块奖牌。”

“不，”多莉叹息道。“这是不对的。事情不该是这样。我们都有很多事应该感到抱歉。”

莫德终于注意到了我。“我一直想见你呢，柯林，”她说得很快，仿佛为了掩饰尴尬：怕我尴尬，不是她尴尬。“我和伊丽莎白计划开个万圣节派对，要真的很吓人，我们想让你穿上一身骷髅套装，坐在黑房间里给人算命，效果肯定很棒：因为你最擅长……”

“胡说，”伊丽莎白漫不经心地说。

“算命就是这么回事，”莫德解释道。

我不知道她们哪来的想法，认为我会编故事，我只是在学校里编各种借口时才智过人。我说这派对的主意听起来不错。“但是这事最好别指望我。到那时候没准我们已经进局子了。”

“噢，那就算了，”莫德说，仿佛过去我惯常找借口不去她们家那样，接受我的说辞。

“我说啊，莫德，”法官开口，打破了沉默，“你要出名了：我在报纸上看到，说你要去电台演奏。”

她仿佛梦中呓语一般，解释说那个广播是一场全州范围音乐比赛的决赛；如果她赢了，奖品是全奖上大学读音乐，甚至二等奖都能拿半奖奖学金。“我要拉一首爸爸写的曲子，一首小夜曲：我出生的那天他为我写的。但我想给他个惊喜，不想让他知道。”

“让她拉给你们听，”伊丽莎白说着，打开了琴盒。

莫德很大方，不需要我们再三请求。酒红色的小提琴挨在她下巴上，她调音时琴发出颤音，一只厚脸皮的蝴蝶落在琴弓上，弓起扫过琴弦，卷走了它，乐音仿佛成千上万只蝴蝶雪片一般在飞舞，仿佛春天飞来的火箭，在这凛冽的秋日，听起来十分甜美。乐音渐渐缓慢，变得忧伤，她白金般的头发跌落拂过琴面。我们鼓掌；我们停下来之后，附近还有一双神秘的手仍在拍响。莱利从一片蕨类植物后面走出来，莫德一见到他，脸立刻就红了。我想如果她知道莱利在听，肯定没办法拉得这么好。

莱利让两个姑娘回家去，她们好像不大情愿，但伊丽莎白不习惯违背哥哥的意愿。“锁上门，”他对妹妹说，“莫德，如果你能在我们家过夜就太谢谢了：如果有人到家里来找我，就说你们不知道我在哪。”

我得把他拉到树上来，因为他带回了枪，还有一大袋补给——一瓶玫瑰葡萄酒，橙子，沙丁鱼，德国香肠，凯蒂德面包房的面包卷，还有好大一盒动物饼干：他每亮出一件，我们就兴致高一点儿，那盒动物饼干终于俘获了多莉的心，她直说莱利应该得到一个吻。

但我们听到他带来的消息，却都沉下脸来。

我们在林中分手以后，他朝着凯瑟琳的声音跑去，他跑到了草丛里：当我跟大个子艾迪·斯杜沃交手时，他就在旁边看着。我说那你为什么不帮我？“你干得很不错：我猜大个子艾迪一时半会儿忘不了你：那可怜的家伙一路上弯腰驼背跛着脚回去的。”再说，他灵机一动，想到旁人都不知道他跟我们是一伙的，不知道他跟着我们上了树：他藏着没暴露是正确的，所以他才能够跟着凯瑟琳和警长的人进了城。那伙人把凯瑟琳塞到大个子艾迪那辆旧跑车后面的加座上，直接开进了牢房：莱利开着自己的车跟在他们后面。“我们到监牢的时候，她好像已经平静下来了；那边围了一小群人，有些小孩，还有些老农民——你一定会为凯瑟琳感到骄傲，她把衣服收敛整齐，像这样抬着头穿过了人群。”他很高傲地昂着头，学凯瑟琳的样子。我常常见到凯瑟琳做这副表情，尤其是被人批评的时候（藏起拼图，传播谣言，不去看牙医）；多莉也熟悉她的做派，只好擤鼻涕岔开。“可是，”莱利说，“她一进牢房，马上又惹了一桩是非。”监牢里有四间牢房，两间关有色人种，另外两间关白人。凯瑟琳拒绝被关进有色人种的牢房里。

法官挠挠下巴，大摇其头。“你没逮到机会跟她讲几句话吗？应该安慰安慰她，让她知道我们的人就在旁边。”

“我站在附近，希望她能走到窗口来。但这时我又听到了另外的消息。”

回想起来，我简直不明白为什么莱利等了这么久才告诉我们。因为，上帝啊，我们那位芝加哥来的朋友，那个讨厌的莫里斯·里茨博士溜走逃跑了，走之前洗劫了韦莱娜的保险箱，偷走了价值一万两千美元的债券，还有七百多美元现金：后来我们才知道，这些还够不上他赃物的一半。可你难道不知道？这时我才明白，那个娃娃音威尔·哈里斯跑来跟警长说的，应该就是这件事：难怪韦莱娜会紧急呼叫警长：她跟我们的矛盾这时已经变成小事一桩了。莱利还提供了几个细节：他听说韦莱娜发现保险箱门大开（事情发生在百货商店楼上她的办公室里），立刻奔出门，转弯去了罗拉酒店，结果发现莫里斯·里茨昨晚已经结账离开了：她昏倒在地：人们好容易唤醒她，她立刻又昏了过去。

多莉温柔的面上一片空白，一方面，冲动之下，她想去找韦莱娜，另一方面自我的意识，一种深层的意念，阻止了她。她很难过地望着我。“最好还是你现在就明白，柯林，不用等到像我这把年纪才知道：这世界糟透了。”

突然仿佛风向一变，吹倒了法官，他骤然显出老态，风烛残年的悲怆模样，仿佛他认为，多莉接受了世事之寒凉，就此抛弃了他。但我知道她没有：他说她是精灵，但她其实是个女人。莱利撬开瓶塞，开了玫瑰葡萄酒，将琥珀色的美酒倒在四个杯子里；过了一会，他又倒了第五杯给凯瑟琳。法官将酒杯举到唇边，讲了祝酒词："致凯瑟琳，我们信任她。"我们举起杯，突然多莉想到一件事，不由僵住，瞪大了眼睛，"哎呀，柯林，"她说，"你和我，我们俩是世上唯一听得懂她讲话的人啊！"

第五章

第二天是十月一日星期三，我永远不会忘记这一天。

一开头是我被莱利踩到手指醒来。多莉已经醒了，坚持要我因为咒骂莱利向他道歉。她说，早晨的时候礼貌比一天中任何别的时间更重要：尤其是人们生活在这样一个狭窄空间里的时候。法官的怀表仍然挂着，像个金苹果压弯了树枝，显示的时间是六点过六分。我不知道是谁的主意，我们早餐吃的橙子，动物饼干和冷的热狗。法官抱怨说喝不到一壶热咖啡，就浑身不得劲，感觉不像人样。我们一致同意最想念的是咖啡。莱利自告奋勇，要开车进城去弄点咖啡回来；他还可以趁机去探查一番，看看情况如何。他建议我跟他一起去："谁也发现不了他，只要他缩在车座上不露头。"尽管法官反对，说他认为这样做很蠢，但多莉看得出我想去：我曾那么渴望乘着莱利的车去兜风，现在机会终于来了，虽然明知没人会看到我，我还是兴致盎然，跃跃欲试。多莉说，"我觉得不会有事。但你得换件干净衬衫：你身上这件，领子上的泥土都能种萝卜了。”

草地寂静无声，没有愉快的沙沙声，也没有微妙的轻舞；草叶一根根立着，锋利，血红，仿佛一场屠杀之后，遍地的箭镞，我们爬坡上山去墓地，草叶在我们脚下根根脆断。俯瞰下方，景色真美：河边树林无尽地延绵，边缘波浪般起伏，五十英里犁过的农田铺展开来，间或点缀着风车，法庭高耸的尖塔之外，城中炊烟袅袅。我在父母的墓地停下了脚步。我不常来看他们，坟墓和冰凉的墓碑，这些会让我难过——跟我记忆中的父母相距太远，我记得他们活着的样子，当父亲离家去推销冰箱时，母亲总是哭泣，还有父亲赤身裸体跑到街上去的样子。我想采些鲜花来摆在墓前的陶瓶里，瓶子空荡荡地搁在斑驳泥污的大理石墓石上。莱利帮我采了些槐树的嫩芽，看着我摆到瓶子里放好，说道：“你妈人挺好的。绝大多数女人都是些贱货。”我疑心他是不是说自己的母亲，可怜的罗丝·亨德森，曾经逼着他一边背诵乘法口诀，一边在院子里单腿跳个不停。可是在我看来，他过的那些苦日子，已经得到了补偿。毕竟他有一辆理论上价值三千美元的汽车。二手车，提醒一句。是辆外国跑车，阿尔法-罗密欧（人们常开玩笑，说这车是罗密欧的阿尔法）。他是在新奥尔良从一个要进感化院的政客那里买来的。

我们一路呼啸，沿着沙土路朝镇上驶去，我总想着能有人做个见证：要是能让某几个人看到我坐在莱利·亨德森的车上，我一定会感觉相当不错。但天色太早，几乎还没人出门；这时早餐还在锅里煮着，路过的人家都炊烟袅袅。我们转过教堂拐角，绕广场一圈，在库珀驻马店和凯蒂德面包房中间的一条小沙土巷子里停下了车，莱利把我一个人留在车里，命我原地不动：他一小时内准回来。于是我在座位上摊开身子，听着驻马店草垛里那些贼家雀儿们叽叽喳喳叫，闻着面包房飘出的新鲜面包和蛋挞的阵阵芬芳。这家面包房的主人是一对夫妻，姓康蒂。C. C. 康蒂先生和太太得凌晨三点就起来工作，为八点钟店开张做准备。这里地方干净生意兴旺，康蒂太太到韦莱娜的百货店里能买得起最贵的衣服。我正躺在那里闻着香味儿，突然面包房的后门开了，康蒂先生拿着扫帚出来，将面粉灰尘扫到巷子里。我猜想大概是他看到莱利的车有点吃惊，看到我在里面更是吃惊。

“你要干吗，柯林？”

“不干吗，康蒂先生，”我说，心里不禁想，不知他知不知道我们的麻烦事。

“真高兴，十月总算到了，”他说着，用手指触擦着空气，仿佛寒凉是织进布料里，他能摸得出。“我们夏天日子可难过了：烤炉什么的，热得人简直过不下去。瞧这里，孩子，有个姜饼人在等着你呢——快进来撵上他。”

我知道他不是那种人，不会叫我进去，然后打电话给警长。

他妻子迎我进了有烤炉的房间，那里的热气都弥漫着香气，看到我来她仿佛顶顶高兴。基本上大家都喜欢康蒂太太。她矮矮胖胖的，从不大惊小怪，她生得大象一样的脚踝，手臂壮实，面容刚毅，永远都被炉火映得红光满面；眼睛湛蓝，就像蛋糕上点缀的糖霜，头发花白，仿佛在面粉桶里扫过一圈，她系的围裙很长，一直到脚指头。她丈夫也系着围裙；有时候我会看到他下班后，不等把这难看的围裙摘掉，就跑到街对面菲尔咖啡馆去，跟其他男人一起，靠在墙边角落里喝啤酒：他就像油画上的小丑，拍拍打打，一身面粉，笨笨的，却很端庄。

康蒂太太将工作台腾出一块地方，给我端来一杯咖啡，还有一盘热烘烘的肉桂卷，正是多莉最心爱的那种。康蒂先生示意，我也可以要点别的来吃：“我跟他说的，我说什么来着？姜饼人。”他妻子使劲揉着面团，说道：“那是哄小孩的。他是个大人了；反正快了。柯林，你到底多大了？”

“十六岁。”

“跟塞缪尔一样，”她说，塞缪尔是她儿子，我们都叫他骡儿：他本就比骡子机灵不了多少。我问他们有没有儿子的新消息？因为去年秋天，骡儿连读三年八年级又被留级之后，去彭萨科拉参加了海军。“我们最近一次通信时，他在巴拿马，”她一边说，一边把面团擀平，做成馅饼皮。“我们不常收到他的信。我有次写信给他，我说塞缪尔，你最好常写信回家，不然我就给总统写信，把你的真实年龄告诉他。因为你知道的，他是假冒年龄参军的。我当时真是气疯了——一心记恨学校的汉德先生：所以塞缪尔才这么干的，就是因为受不了老被落在后面，老上八年级，他长那么高了，别的小孩都那么小。可我现在看明白了，汉德先生是对的，如果塞缪尔没有做好功课，他们仍然让他晋级的话，对你们其他孩子就不公平了。所以也许这样的结果最好。C. C. ，给柯林看看照片。”

照片的背景是椰子树和真正的大海，四个水兵手牵手并排站着，面露傻笑，照片下面写着，上帝保佑妈妈爸爸，塞缪尔。这照片让我很难过，骡儿出去见识世界了，可我，唉，也许我该要个姜饼人。我把照片还给康蒂先生，他说：“我顶赞成男孩子报效国家去。可不利的一面在于，塞缪尔正好到了可以帮我们一把的年纪就走了。我可讨厌得依靠黑人帮忙。撒谎偷东西，就是不知道自己该干吗。”

“C. C. 老说这种话，我很不高兴，”他妻子说着，咬住嘴唇。“他知道这么说我听了难受。有色人种并不比白人更坏：有些时候还要好些。我有机会就跟镇上的人说这样的话。就比如说老凯瑟琳·克里克的事儿。真叫人恶心。她也许脾气不好，有点怪，可她是好女人，跟谁比都不赖。这一说我想起来了，我打算弄份晚餐装托盘里给她送到监牢里。我敢打赌警长才不会给她伺候餐桌呢。”

所以就是这样，当一切改变之后，就再也变不回从前了：全世界都知道我们，我们再也无法取暖了：我放弃了，眼前浮现出寒冬来临，风刀霜剑逼到树上的情景，于是哭啊，哭啊，像雨水泡烂的抹布，彻底崩溃了。自从我们离开家以来我就一直想哭。康蒂太太直道歉，怕是因为她说了什么引得我难过；她掀起粘着厨房污渍的围裙给我擦脸，然后我们俩都笑了，实在可笑，那花脸画的，面粉和眼泪混在一起，就像他们常说的，我立刻就感觉好多了，仿佛哭完就轻松了。康蒂先生被我的发作搞得很尴尬，于是退到前头店面那个房间去了，我理解他是觉得男人这样婆妈不合适，可我丝毫没觉得羞耻。

康蒂太太为自己倒了杯咖啡，坐下来。“我不想装模作样，假装发生的事我都知道，”她说。“我听说是这样，多莉小姐因为跟韦莱娜有争执，所以不再管家里的事了？”我想说情况比这要复杂，我试图理顺事件，但又疑心事情也许没那么复杂。“这个，”她若有所思地继续，“听起来可能我这么说是反对多莉：其实不是。可我认为是这样——你们几个应该回家，多莉应该跟韦莱娜和平相处：她一直都是这么做的，到了她这把年纪，再改弦更张办不到了。再说，这样在镇子上是坏榜样，两姐妹吵架，一个坐在树上：还有查理·库尔法官，我生平第一次替他那俩儿子感到难过。市民榜样应该行为规矩；不然整个地方都乱套了。比如，你看到广场上那辆大篷车没有？好嘛，最好去看看。一大家子牛仔。福音教派的。C. C. 说的——我只知道他们吵吵嚷嚷的，跟多莉有点关系。”她气冲冲地吹开一个纸袋。“我要你回去传我的话给她：回家去。给你，柯林，带上些肉桂卷，我知道多莉爱吃这个。”

我离开面包店的时候，法庭的大钟敲响了八点，就是说正确时间是七点半。这个钟一直快半个小时。曾经请过一个专家来修理，他叮叮当当搞了差不多一个礼拜之后，提议说唯一的解决办法就是放根雷管炸掉它；镇议会投票决定按全额付他酬劳，证明这只钟无可救药，仿佛令大家感到莫名的自豪。广场周围，几家商店准备开张了；门廊上扫帚挥处尘雾起，垃圾筒滚动着，惊醒了冷寂的街巷。早起鸟是一家比韦莱娜开的五分店要好的杂货店，两个有色人种小男孩神往地望着橱窗里的夏威夷菠萝罐头。广场南侧的长椅上，常年不变地坐着一群老头，安静地待着等死。再往远处，我终于看到了康蒂太太说起的那辆大篷车——实际上是辆旧卡车，蒙了一顶油布罩子，混充历史上的西部大篷马车。车子看起来破旧不堪，傻兮兮的，孤单单立在空旷的广场上。一个制作简陋，大约四英尺高的牌子，像鲨鱼鱼翅一样，顶在驾驶室上方。“让小荷马·哈尼约束你的灵魂献给神。”另外一面起了泡泡的绿漆画出一张笑脸，上头还顶着个超大牛仔帽。我绝没想到这会是个真人的画像，但旁边一条注解说是的，这是：神童小荷马·哈尼。车子旁边没人，我也没什么可看，于是朝监牢方向走去，那是幢方方正正，盒子似的砖房，隔壁就是福特汽车公司。我进去过一次，是大个子艾迪·斯杜沃带我去的，跟我一道的还有十来个小孩和大人，都是男的。他走进药店说，你们要是想开开眼，就到监牢来。看点是个英俊瘦削的吉卜赛少年，他们从货运火车上捉下来的；大个子艾迪给了他二十五美分，让他把裤子褪下来；大家都无法相信那家伙居然有那么大，其中一个人说，“伙计，你有这么大一根撬棍，怎么还会被人锁起来的呢？”接下来好几个星期，你都能辨认出哪些姑娘听过这个笑话：每次路过牢房边上，她们都会咯咯笑上一阵。

牢房的一面外墙上有幅很不寻常的图案装饰。我问过多莉，她说记得她年轻的时候，那是张糖果广告画。若果真如此，那广告语早就消失不见了；剩下的就只有一张泛白的模糊挂毯图案：两个火鸟一样艳粉色的天使，吹着喇叭，飘飘悠悠悬在一个巨大、装满水果的号角里，就像圣诞节的长袜；这画面如同绣在砖墙上，看起来就像褪色的壁画，或是模糊的文身，阳光闪烁中，被囚禁的天使仿佛羽翼拂动，如同窃贼的鬼魂一般。我知道自己所冒的风险，光天化日之下大摇大摆在外面晃，可我不管，兀自走过牢房，又兜回来，边吹着口哨，后来还轻声呼唤凯瑟琳，凯瑟琳，希望能把她唤到窗口来。我知道哪个是她的窗口：窗台上铁栏之内，我看到有个金鱼缸，后来我们知道，这是唯一一件她要求带在身边的东西。金鱼橙色的身影在珊瑚周围摇摆穿梭，我不由想起了我帮多莉找到珊瑚城堡和卵石的事情。那算是开始吧，一想到结局可能会怎样，我不禁心生寒意，凯瑟琳关在冷冰冰的阴影里，低头垂目。我祈祷她不要到窗口来：她谁也看不到，因为我转身跑掉了。

莱利让我在车里等了两个多小时之后，总算出现了，可他脾气很坏，搞得我有火也不敢发作。看来他回到了家，发现他的两个妹妹，安妮和伊丽莎白，还有在他家过夜的莫德·赖尔登都还赖在床上：不但如此，门廊上还东倒西歪散落着好多可乐瓶子，落了一地的烟蒂。莫德主动招认，坦白是她叫了几个男孩子来，听听音乐跳跳舞；但受罚的是那对姊妹。他把她们从床上拖下来，抽了一顿。我问他抽了一顿什么意思？他说，扳到膝上，拿球鞋抽她们。我无法想象这场景：这与我印象中端庄的伊丽莎白形象不符。你对这几个姑娘太严厉了吧，我说完，又赌气地加了一句：莫德这下变成坏人了。他把我的话当了真，说没错，他确实打算抽莫德一顿，不说别的，单她骂他的那些脏话，谁说出口他都不能容忍，但还没等莱利捉到她，莫德已经从后门跑掉了。我心里说，终有一天轮到莫德狼狈了。

莱利蓬乱的头发上过发油，变得整齐伏贴，身上闻起来一股丁香水和滑石粉的气味。他完全不用说，我就知道他去了理发店，也知道他为什么去。

虽然此人如今已经退休，当初经营理发店的时候，可真是个不同凡响的人物，这位阿莫斯·罗格朗。警长，还有莱利·亨德森，哎，算起来所有人提到他都会说：那老姐们。但他们并没有恶意；大多数人挺喜欢阿莫斯，真心希望他平安。他身材小得简直像只猴子，只好踩在箱子上给人理发，他很容易激动，像一对响板那样，嘚吧嘚吧讲个不停。他管所有常客都叫宝贝儿，男女不论，反正在他眼里毫无区别。“宝贝儿，”他会说，“你该剪头发了，该买一包发卡了。”阿莫斯有个了不起的特长：他能东一句西一句闲扯，让大到生意人，小到十岁的女娃娃，都听得津津有味——他既能谈本·琼斯家的花生卖了多少钱，也能聊玛丽·辛普森的生日派对都请了谁，他能找到客人感兴趣的话题，说得头头是道。

自然，莱利会去找他打探消息。当然他马上就如实重复给我听，我立刻就想象出阿莫斯的样子，仿佛听到他嗡嗡的话音围绕在耳边：“你来了呀，宝贝儿，这有钱到处乱放就是没有好下场。别人不说，就这韦莱娜·泰博，我们都以为她赚一毛钱都要立马送银行里去。一万两千七百美元呢。可别以为这就是全部了。看来韦莱娜跟这位里茨博士是打算合伙做生意，所以她才买下了那个旧罐装厂。您可瞧好了：她给了里茨一万多美元去买设备，上帝才知道什么设备，结果发现他根本一分钱的货都没买回来。钱全都进了他的腰包。至于他本人，是踪影全无，连根毫毛都找不见；得去南美可能还能找到他。我这个人向来不去嚼舌根子，乱说人家闲话；可照我说这韦莱娜·泰博实在是太各别了：宝贝儿，那个犹太人哦，我这辈子没见过一个人头皮屑落得那么厉害的。可像她这么个聪明女人，难说，还真就着了他的道儿。加上她姐姐这一出，闹成这样，人仰马翻的。难怪卡特大夫要给她打针。可查理·库尔才真真吓死我，惊倒我了：你说他跑到那外面去找死算怎么回事儿？”

我们驱车很快就出了城，一路颠簸，小飞虫撞在挡风玻璃上。经过的天空啸声激昂，湛蓝脆爽，云彩全无。可我敢发誓，我的骨头里感觉到风暴即将来临。一般来说，老年人才会有这种不适，年轻人很少闹这毛病。这感觉就好像有雷霆夹着湿气，在你的关节里轰隆作响。我疼得那个程度，感觉简直是飓风就要朝我们袭来似的，我说给莱利听，他说，得了吧，你莫不是疯了，你看看这天色。我们俩正就这事儿打赌呢，刚好车子转过一个弯，就到墓地那片了，莱利倒吸一口气，踩住了刹车；我们滑行了很长一段才停下，其间详细回顾了一下人生的重要经历。

真不是莱利的错：占着大路中间，像瘸牛拖车一样挣扎前进的不是别人，正是那辆小荷马·哈尼大篷车。那车突突突突乱响一阵，最后彻底熄了火，骤然停了下来。过了一会儿，司机爬了出来，是个女人。

她年纪不轻了，但臀部扭动的样子，很有些欢快的韵致，她的乳房那么诱惑地摩擦着桃红色的外衣。她穿着条带流苏的麂皮裙子，脚蹬一双及膝牛仔靴，她这么穿不对，因为你能感觉到，她的双腿，如果充分展露出来，一定是她最美的部分，她倚在车门上，眼帘低垂着，仿佛双睫倒有千斤重；她用舌尖沾湿了红润的嘴唇。“早上好啊，小伙子们，”她说，话音又慢又低沉，“请指教下方向可好？”

“见鬼了，你到底什么毛病？”莱利发飙了，“你差点害我们翻了车。”

“你这么说我真没想到，”那女人说着，友好地晃晃她的大脑袋；她的头发染成杏色，梳着精致的卷发，她摇头的时候，满头的发卷像无声的铃铛一样晃起来。“你超速了，亲爱的，”她自负地反驳道。“我想是有条法律禁止超速的吧，禁止什么的法律都有，特别是在这里。”

莱利说，“应该有条法律禁止这种卡车。这种报废的破烂，就不该上路。”

“我知道，亲爱的，”那女人笑道。“跟你交换好了。可我恐怕这么多人你这辆车里塞不下；我们这卡车都有点挤不过来。能给我根香烟吗？宝贝儿真乖，谢谢你。”她点着了烟，我留意到她的手特别糙，瘦骨嶙峋，指甲没涂油，有一个指甲是全黑的，仿佛被门挤到了。“我听说往这边走，我们能找到位姓泰博的小姐。多莉·泰博。好像说她住在树上。希望你能好心带我们去……”

她身后仿佛整整一间孤儿院的孩子从卡车里倾倒出来。几乎不会走路的罗圈腿小孩，黄头发鼻涕娃，到了该戴胸罩年纪的女孩子，还有大大小小一排男孩子，其中一些已经长足了身量，像大人了。我数了数，至少有十个，其中包括两个对眼儿双胞胎，还有一个裹着尿布的娃娃，被一个不足五岁的孩子很费劲地抱在身边。就像魔术师的兔子，孩子们仍在一个接一个地冒出来，直到马路上变得人口稠密。

“这些都是你的？”我真心焦虑地问道，又数了一遍，足足有十五个。其中一个男孩大约十二岁，戴着副钢边儿小眼镜，顶着个足有十加仑重的大帽子，像个蘑菇似的晃来晃去。他们中大多数人身上的装扮都有点牛仔的意思，或着靴，或系领巾。但这群人整体都垂头丧气，病病歪歪，仿佛多年以来只靠土豆和洋葱为生。他们在汽车旁围了一圈，寂静无声，鬼魅一般，只有最小的那个娃娃，砰砰地拍车灯，还往挡泥板上跳。

“没错，亲爱的：都是我的，”她回答道，一边举手拍打一个抱着她的腿跳舞的小不点姑娘。“有时大概也会捡到个把别人的娃，”她耸耸肩又说道，有几个孩子露出微笑。看起来大家都很爱她。“有些人的爸爸已经去世了；其余的大概都还活着——不管怎么说，他们的死活都不关我们的事。看来你没来参加我们昨天晚上的聚会吧，我是艾达姐姐，是小荷马·哈尼的妈妈。”我问她哪个是小荷马。她眨眼四处瞅了一圈，指着那个戴眼镜的小孩，那孩子晃晃悠悠从帽子底下站起来，朝我们敬礼：“赞美耶稣。要来个哨子吗？”说着，鼓起腮帮子，吹响了一枚铁哨。

“有了这东西，”他妈妈一边把碎发捋到耳后，一边说道，“鬼也要被你吓一跳。而且还很实用。”

“两毛钱，”那孩子叫价道。他的小脸苍白，面有忧色。帽子一直压到眉毛。

如果我身上有钱，一定就买他个哨子了。看得出他们在挨饿。莱利跟我有同感，反正不管怎么说他掏出五毛钱买了两个哨子。“上帝保佑你，”小荷马说着，将硬币放进嘴里，使劲用牙咬了一下。“这年头假币太多了，”他妈妈有些抱歉地解释道。“干我们这个的，没想到还得担心这种麻烦，”她说着，叹了口气。“劳驾你们好心帮我们个忙——我们没法继续走了，没油了。”

莱利对她说这样是浪费时间。“那里已经没人了，”他说完，启动了车子。另一个被我们拦在后面的驾驶员，已经在鸣笛催促。

“她不在树上吗？”在汽车马达不耐烦的轰鸣声中，她的话音显得很哀怨。“那我们上哪儿才能找到她啊？”她伸手试图拦住我们的车。“我们有很重要的事，我们……”

莱利发动了车子。我回头，看到他们一群人在尘土飞扬的马路上望着我们离去。我对莱利说，我为他们感到难过，说我们应该至少弄清楚他们想要什么。

他回答说：“也许我知道。”

他的确知道很多，阿莫斯·罗格朗详细给他讲了这位艾达姐姐的事迹。尽管她以前没来过我们这里，但阿莫斯时不时出去旅行，据他说，曾经在波特尔一处集市见到过她，波特尔县城离我们这里不远。显然巴斯特牧师对她也不陌生，她一到达，巴斯特牧师立刻把警长找来，要求他下禁止令，不许小荷马·哈尼团伙开展任何形式的集会。他说他们是些骗子，执意说这个所谓的艾达姐姐是闻名六大州，臭名昭著的妓女：想想吧，十五个孩子，却连个丈夫的影儿也没有！阿莫斯本人也颇拿得准，说她没结过婚；但在他看来，一个这么吃苦耐劳的女人值得尊重。警长说，难道我麻烦还嫌不够多吗？又说：也许那些傻瓜们倒是主意正得很：坐在树上，不管闲事——给他五分钱他就出门去加入上树团伙。老巴斯特对他说，要是这样，他就不配做警长，应该把警徽交出来。同时，艾达姐姐未受到执法人员干涉，在广场的老橡树底下召集了晚间祈祷会和游艺活动。我们这座镇子上，信仰复兴活动很受欢迎；有音乐，有机会唱歌，露天集会。艾达姐姐和她的一家人尤其轰动；连平常怪话颇多的阿莫斯都说，那个小荷马·哈尼，跳舞甩绳子的样子，实在是可爱得不得了。大家都玩得很尽兴，除了来砸场子的巴斯特牧师和夫人。惹毛了他们的不是别的，而是孩子们亮出“上帝的晾衣绳”时，这根绳子上有些衣服夹子，你可以把捐款夹在上面。好多人从来都不肯往巴斯特牧师的募捐箱里丢一毛钱，这次却大方地挂出了整块的美元钞票。这让他再也忍不下去了。于是他跳起来离场，直奔泰博巷的大宅，跟韦莱娜进行了一番简短高明的交谈。他认识到，如果想采取行动，必须获得她的支持。据阿莫斯说，巴斯特牧师刺激韦莱娜，说有个信仰复兴运动的淫妇，说多莉是异教徒，是耶稣的敌人，要韦莱娜维护泰博家的名誉，务必将这个女人撵出城去。艾达姐姐那时候很可能根本都没听说过泰博这个姓氏。但韦莱娜还是强撑病体，立刻开始工作；她给警长打电话说，瞧啊，朱尼厄斯，我要这些流浪汉清除出我们县的边界。这是命令；老巴斯特主动请缨，监督此事实施。他陪同警长到了广场，当时活动结束了，艾达姐姐和她那帮孩子正在清理场地。最后打起来才收场，主要是因为巴斯特，他指控艾达姐姐非法赢利，坚持要没收“上帝的晾衣绳”募捐的钱款。他拿到了——还附带了几道抓痕。许多旁观者帮艾达姐姐说话，可根本没用：警长告诉他们说：第二天中午前，必须出城离开。听完这些之后，我问莱利，为什么，既然这些人受到这么不公平的对待，你不帮他们呢？你绝想不到他是怎么回答我的。他最最开诚布公地说道，像这样一个荡妇，不配跟多莉交往。

树下一堆篝火烧得嘶嘶作响；莱利收来了枯叶点火，法官被烟呛得双眼含泪，正着手准备我们的午饭。我和多莉两个懒在一旁。她一边摆纸牌游戏，一边说：“我恐怕，真的怕，韦莱娜是再也见不到她的钱了。你知道的，柯林，我疑心最让她难受的不是丢了这么多钱。不管怎么说，她信任那个人，里茨博士，我是说。我时常想起瑁蒂·劳拉·莫菲。就是在邮局工作的那个姑娘。她曾经跟韦莱娜非常亲近。上帝啊，瑁蒂跟那个卖威士忌酒的人私奔，结婚，对韦莱娜是个多大的打击啊。我不是批评瑁蒂；要是她爱那个男的，这么做是最合适的。但这其实都是一回事，瑁蒂·劳拉和里茨博士，也许韦莱娜平生只信任过这么两个人，可他们俩却都——唉，谁碰到这样的事都会心碎吧。”她心不在焉地摸弄着手里的纸牌。“你前面说了句什么——关于凯瑟琳的。”

“是说她的金鱼。我看到金鱼摆在窗台上。”

“没见到凯瑟琳？”

“没有，就只有金鱼。康蒂太太人真好：她说她要往牢房里送点饭菜。”

她掰开一块康蒂太太的肉桂面包卷，挑出里面的葡萄干。“柯林，假设我们答应他们呢，就是说我们妥协，那么：他们就会放了凯瑟琳，对不对？”她眼睛往上瞟，望着树的高处，仿佛在搜寻一条秘密的通道，沿着树叶直通树顶。“我该不该——认输？”

“康蒂太太认为你应该：她说我们该回家去。”

“她有没有说为什么？”

“因为——她说过。因为你向来都是，总是息事宁人，她说的。”

多莉微笑着，抚平她的长发，穿过树梢的缕缕阳光，在她手指上撒下斑驳的光点。“我有过选择的机会吗？这就是我想要的，一次选择的机会。知道自己本可以过另外一种生活，纯粹由自己决定的生活。那样我就安心了，真的。”她的目光转向树下，静静地望着莱利在掰树枝，法官俯身对着一口冒着热气的大锅。“还有法官，查理，如果我们认输，会让他很失望。一定会，”她把手指跟我的勾在一起，继续说，“他对我很亲，”一段漫长到无法计量的停顿，我的心里天旋地转，这棵树仿佛是把大伞，朝里收拢起来。

“今天早上，你离开的时候，他向我求婚了。”

法官仿佛听到了她的话一般，立刻直起身子，纯朴的脸上，重又浮现出学童般的笑颜，青春焕发。他挥挥手：多莉也挥手作答，她面上那动人的神采，实在令人难以释怀。仿佛一幅早已司空见惯的画像，被清洗干净，有人乍一转身，不经意看到，发现了画面上血肉的光泽，还有那明亮的色彩，此前不被察觉的色彩：不管怎么说，她再也不是躲在角落的一抹阴影了。

“好了——别不高兴，柯林，”她责怪道，我想，她一定看出了我怨恨的表情。

“可你有没有……”

“我从来没有获得过这样的特权，为自己拿主意；上帝啊，轮到我拿主意的时候，我知道是非对错。还有谁？”她又转开话题，搪塞我道，“你在镇上还碰见谁了？”

我真想编造出个什么人，编个故事把她拉回来，因为看起来，她正在朝未来进发，而我却无力跟随，落在后面，还是从前的样子。可当我描述起艾达姐姐，大篷车，那些孩子，讲起他们怎么会被警长冲了场子，我们怎么在路上碰到，他们如何问起那位住在树上的女士，我跟多莉又重新聚首，像一条小溪，只是被小洲阻隔，暂时分流。虽然说如果让莱利听见我出卖他，那就太糟糕了，可我还是往下说，把他说艾达姐姐这种女人不配跟多莉交往的话重复了一遍。她听了哈哈大笑；随后又突然严肃起来："但是这太坏了——从孩子嘴巴里把面包抢走，而且用我的名义。真不要脸！"她很坚决地戴正了帽子。"柯林，起来；我们俩要去散散步了。我敢打赌那些人还待在原地没动。反正，我们去看看就知道了。"

法官试图阻止我们，他说如果多莉想出去走走，他可以陪我们一道。多莉回答说他最好还是继续干活：她跟柯林一起足够安全——我们只是出去抻抻腿儿。经她这么一说，我心里头那点小嫉妒小醋意立刻烟消云散了。

跟往常一样，多莉是急不来的。她的习惯，哪怕是天下着雨，她走在普通小道上，也是慢慢悠悠，跟逛花园一样，眼睛敏锐搜寻着各种奇珍异卉，名贵草药，掐一枝嫩薄荷、甜芸香、迷迭香什么的，用香味来熏衣服。样样东西都是她第一个发现的，她唯一的，真正称得上虚荣的也就这一点，她希望由自己，而不是别人，来喊出某些独特的发现：一串鸟脚印儿，屋檐下的冰凌子——她总是在叫快看那片云彩是只猫的形状，星星里有条船，霜冻上有张脸。我们就这样慢慢地穿过了草地，多莉拣了整一口袋枯萎的蒲公英，一根雉鸡毛：我想等我们走到大路边，太阳就该落山了。

幸运的是，我们不需要走那么远：一进到墓地，我们就看到艾达姐姐和她那一大家人，正在一座座坟冢间安营扎寨。那场景就像是一座悲伤的游乐场。姐姐们在给那对对眼儿双胞胎理发，小荷马在用口水和树叶擦靴子；一个快成人的少年，背靠着一块墓碑，瘫坐在地上，用吉他拨出忧郁的调子。艾达姐姐在奶孩子；小宝宝卷成个粉红色耳朵的形状，躺在她怀里。发现我们来了，她也没起身，多莉说道，“我想你是坐在我父亲上面了。”

的确那是泰博先生的墓，艾达姐姐看看墓碑（尤利亚·芬威克·泰博，1844—1922，优秀的战士，亲爱的丈夫，慈爱的父亲），说道，“抱歉，士兵。”她把上衣扣起来，孩子开始哭闹，她站起身来。

“不必客气，我只是——想做个自我介绍。”

艾达姐姐耸耸肩，“他也害得我有点背疼了，”随即捏捏自己的背。“又是你啊，”她饶有兴味地看着我，说道。“你朋友呢？”

“我想……”多莉顿了一下，一群孩子开始在她身边聚拢起来，她有点不安；“是不是你，”她又继续说，尽量不去理会那个掀起她的裙子，紧张研究她双腿的小男孩，那家伙比只小兔崽子也大不了多少。“你要找我？我是多莉·泰博。”

艾达姐姐把小孩换了个方向，腾出一只手环住多莉的腰，结结实实拥抱了她，仿佛她们是多年的老朋友一样，然后说，“我就知道可以信任你，多莉。孩子们，”她像指挥棒一样举起了手中的孩子，“告诉多莉我们从来没说过她半个不字！”

孩子们大摇其头，嘟囔着，多莉看起来很感动。“我们不能离开这个镇子，我一直跟他们讲，”艾达姐姐说，开始讲述自己遭遇的困境。我真希望能有张她们在一起的照片，多莉穿得很正式，就像她脸上蒙的面纱一样，很过时，而艾达姐姐嘴唇丰润，身材窈窕。“就是钱的问题；他们都拿走了。应该把他们统统抓起来，那个恶心的老巴斯特，还有那个警长，姓什么来着：他以为自己是勇金刚呢。”她歇口气；两颊泛红像树莓的颜色。“坦白说就是，我们被困住了。即便是我们听说过您，乱讲别人的坏话也不符合我们的理念。哎，我知道那只是个借口；可我想，你应该可以说明真相然后……”

“我不是那种人——天哪，”多莉说。

“可你能做什么呢？只要有半加仑汽油，也许没有这个，那么能喂饱这十五张嘴巴，还有十美元？我们进监狱可能还好过这样。”

于是，“我有个朋友，”多莉骄傲地宣称，“一个了不起的人，他会知道该怎么做。”从她话音中的愉快与坚定，我能判断，她对自己的话是百分百坚信不疑。“柯林，你先回去，告诉法官有人要跟我们一起吃饭。”

我飞快地奔过草地，草叶割着我的腿也顾不得，仅仅因为我等不及要看看法官的反应。结果果然没让我失望。“我的老天！”他手忙脚乱，不知所措，“十六个人呢！”他看看锅里咕嘟着的那少得可怜的炖菜，丧气地低下了头。为了不让莱利难过，我试图解释说多莉去见艾达姐姐这事不是我挑唆的；可他只是站在那边，拿眼睛瞟着我：要不是法官赶得我们手忙脚乱，他可能就会口出恶语了。法官把火扇旺，莱利打来了更多的水，然后又往炖锅里加了沙丁鱼、热狗肠、翠绿的月桂叶子，实际上，手边有什么我们全都倒了进去，包括整整一盒苏打饼干，法官号称这会让汤更稠，还有几样东西错误混进了锅里，比如说咖啡粉。经过这番忙乱，我们像家庭聚会上的厨师一样，又紧张，又兴奋，终于还是鼓起勇气，站到一旁，为自己庆功：

莱利打我一下，表示原谅，和同志般的友情，当那群孩子乍一出现时，法官强烈表示欢迎，把他们都吓坏了。

直到全体都到齐了，他们才聚拢过来。多莉忧心忡忡，仿佛女人去参加下午场拍卖会，要给人看斩获的成果似的，将孩子们领过来介绍。孩子们轮流报上名字：贝丝，劳瑞尔，山姆，莉莉，艾达，克莱奥，凯特，荷马，哈利——轮唱的旋律到这里出现了停顿，因为一个小姑娘不肯说出名字。她说这是秘密，艾达姐姐回答说如果她认为自己的名字得保密，那就保密好了。

“他们都很烦躁，”她说。那沙沙的嗓音和沉重的眼睑都挑得法官不由心动。他握住艾达姐姐的手很久才放开，脸上的笑容也未免太过，一个男人，不到三个钟头之前才跟另一个女人求婚，在我看来，他现在的表现未免有些奇怪。我希望多莉如果留意到这点，会犹豫要不要答应他。可她说，“他们当然烦躁：都饿坏了吧。”法官闻声大力拍手，冲着一锅炖菜得意地点头，打包票说马上就好。同时，他认为孩子们最好去溪水边洗干净手。艾达姐姐赌咒说他们要洗的可不仅是双手。要我说，他们早该洗洗了。

那个名字保密的小姑娘很麻烦；她非要让爸爸把她驮起来背过去，不然不肯去洗。“你也是我爸爸，”她对莱利说，莱利没有反驳，将她驮到了肩上，小姑娘痒痒得一直闹腾，到溪水边一路不停地闹，还用手蒙住莱利的眼睛，害他脚步不稳，绊倒在葡萄藤上，小姑娘于是发出撕心裂肺的大叫。莱利说他受够了，你下来吧。“求你了：我悄悄告诉你我的名字。”后来，我没忘了问莱利，那孩子名字叫什么。她叫德士古·汽油；因为这几个字真是太美了。

溪水最深处只到膝盖；两岸长满了绿色苔藓，又光又亮，春天时，河岸上开着白色的连翘花，还有矮种紫罗兰，是筑巢水上的新蜜蜂们顺手的食物来源。艾达姐姐在岸边选了个地方，监督孩子们洗澡。“别耍花样——要让我看到动作。”我们果然看到。突然间，有到了结婚年龄的女孩，一丝不挂蹚来蹚去；还有男孩，大大小小，聚在一起，都光溜溜的。幸好多莉跟法官待在后面没过来；我真希望莱利没过来，因为他感到尴尬的样子，让人看了不免尴尬。可是，严肃说来，只有当我见到他此时的表现，才理解了他那种拘谨里面的悖论：他非常想得到别人的尊重，结果别人的缺点却仿佛成了他的错。

那些著名的以青春、林地和水中为题的画作——后来的那些年，我多少次漫步穿过博物馆冰冷的房间，在这样一幅画面前停下脚步，久久站立，回想往昔的场景，我幻想中所见，并非当日的实情，一群冻得鸡皮疙瘩满身的小孩，在秋天的溪水里戏耍，而是像画面描绘的，强壮的青年，还有粘着钻石般闪亮水珠的姑娘，涉水而来；那时我就好奇，现在仍然在好奇，他们怎么来的，去往这个世界的什么地方？那么不寻常的一家人。

“贝丝，往头发上淋点水。劳瑞尔，别打水了，我说你呢，巴克，快住手。大家都洗干净耳朵后面。天知道什么时候你们才能再有这样的机会。”可是随后，艾达姐姐就放松下来，由着孩子们自己玩去了。“难得有今天……”她在青苔上坐下来，睁大眼睛径直看着莱利，“是有一点，嘴巴，还有一样的招风耳——香烟有吗，亲爱的？”她说，丝毫不理会莱利对她的不屑。她平静的表情，刹那间浮现出少女时的影子。“难得碰上今天……”

“……但那地方更惨，没什么树木，只有孤单单一幢房子，像稻草人一样戳在麦田里。我不是抱怨：我有妈妈，爸爸，还有姐姐杰拉尔丁，我们很知足，有很多宠物，一架钢琴，每个人都有副好嗓子。但日子不容易，活儿很多很重，家里只有一个男人，况且爸爸身体又不好。帮工难得碰到，来了也做不久，没人愿意在外面待太长：有一个老家伙我们都很喜欢，可他喝醉了酒，想把房子烧掉。

杰拉尔丁比我大一岁，长得好看，我们姐妹俩都模样不错。她快十六岁的时候，有了个主意，要嫁个男人，跟爸爸一起来经营这块地方。可我们所住的地方，根本没几个男人可挑选。我们读书识字都是妈妈教的，就学了那么点东西，离我们最近的镇子在十英里之外。镇子名叫尤福莱，这名字来自一户人家的姓氏；当地人说尤福莱就是有福来：因为地处山上，有钱人会到这里来避暑。于是，我记得那年夏天，杰拉尔丁在尤福莱的瞭望宾馆找了份端盘子的工作。我星期六常常搭顺风车去找她，在她那里住一夜。那是我们俩第一次离开家。杰拉尔丁不是特别喜欢城里的生活，可我却特别兴奋地期待每个星期六的到来，盼圣诞节跟盼过生日加起来那么盼着。那里有个跳舞场，一分钱都不用花，有音乐，还有彩灯。我常会帮杰拉尔丁干活，为了让她能早点下班，我们可以尽快去跳舞。我们手牵手走在大街上，我常常不等喘匀气息就跳起舞来——根本不用等舞伴来请，五个男孩才匀到一个姑娘，况且我们还是最美的两个。男孩子们倒没什么，是跳舞让我着迷——有时大家都会停下舞步，专心看我跳华尔兹，我对舞伴，从来都只有匆匆一瞥而已，他们换得实在太快了。有些男孩会跟我们到宾馆，在我们窗户下面呼唤，出来呀，出来呀！还唱歌，他们真是傻呀——差点害杰拉尔丁丢了工作。我们躺在床上睡不着，就实实在在地考虑晚上的事。她一点都不罗曼蒂克，我姐姐；她最关心的，是追求她的这些人，哪一个最能帮到我们家里。她挑中了丹·瑞尼。他比旁人年纪大，二十五岁，长得不是很帅，招风耳，雀斑，没什么下巴，但是丹·瑞尼稳重，聪明，身体壮实，能举得起一大箱钉子。夏天结束的时候，他到了我们家，帮忙收麦子。爸爸一见面就喜欢上了他，妈妈说杰拉尔丁年纪还太小，可也没有特别反对。婚礼的时候我哭了，因为那些去跳舞的夜晚结束了，因为我和杰拉尔丁再也无法亲密地躺在同一张床上了。但是当丹·瑞尼接手了家中事务，一切仿佛都正常了；在他的照看下，地里收成非常好，我们也都很好。只是冬天的时候，我们围炉而坐，有时热气熏得，什么东西搞得我头发昏。我就起来，只穿着裙子，到院子里去，仿佛感觉不到冷，因为我也变成了寒冷的一部分，我就闭上眼睛，一圈一圈地跳华尔兹，有一天晚上，我并没听到他的脚步声，丹·瑞尼走上前来，将我搂在怀里，跳舞逗我玩。但那不是玩笑。他对我有感觉；很久以前，从开始我脑子里就知道。但他从来没说过，我也没有要他说；若不是杰拉尔丁失去了宝宝，这也不会有什么结果。

杰拉尔丁非常怕蛇，看到一条蛇，害她失去了宝宝。她在鸡窝里拾蛋，那只是条偷蛋蛇，可她吓了一大跳，孩子早产了四个月。我不知道她是怎么了——变得小心眼，很坏，什么事都会激怒她，大闹一场。承受最多的是丹·瑞尼；他尽量不妨碍她，招惹她；有时会裹上毯子，睡到麦地里去。我知道如果我留在家里——所以我去了尤福莱，接班做了杰拉尔丁的旧差事。跳舞场还是跟从前的夏天一样，我甚至变得更漂亮了：一个男孩子差点杀了另外一个，因为谁该给我买橙子水儿争执起来。不能说我过得不好，但我心思没在这上头；在宾馆里，他们问我心思放哪儿了——总是把糖罐里倒满了盐，给客人送上勺子，让人家切肉用。我整个夏天都没有回家。日子到的时候——那天跟今天一样，秋天里，天蓝得永生永世一般——我没告诉他们说我要回来，只是下了马车，在麦垛中间走了三英里，直到我找到了丹·瑞尼。他一句话也没说，只是跪倒在地上，像个孩子似的哭了起来。我那么为他难过，那么爱他，说不出地爱他。”

她的香烟已经熄了。她仿佛不记得自己讲到哪里了，不然就是想讲到这里就结束。我很想跺脚，吹口哨，就像那些小流氓去看电影，碰到银幕突然空白的反应；莱利虽不像我这样直接，却也明显不耐烦。他划了根火柴，替她点着香烟：划火柴的声音仿佛惊醒了她，又记起了自己的声音，但是，好像这片刻的停顿中，她已走出了很远。

“于是爸爸发誓说要开枪打死他。杰拉尔丁说了一百遍：告诉我们那人是谁，丹会拿枪去找他。我笑啊笑，直到哭起来；有时是相反的顺序。我说我不知道；尤福莱有五六个小伙子，可能是他们中的任何一个，我怎么知道？我说这话的时候，妈妈打了我的脸。但他们都相信了；过了一阵，我想甚至丹·瑞尼都信了——他愿意相信这是真的，那可怜的不幸的家伙。好多个月里，我不出门活动，期间爸爸死了。他们不让我去参加葬礼，他们怕人看见我，嫌丢人。于是当天他们去埋葬父亲，我一个人在家里，天上起了大风沙，大象一样粗砺的狂风扑来。就在这天，我感受到了神。无论如何我不值得被选中：直到那时，还是妈妈哄骗我才肯学《圣经》的诗篇；打那之后，我不到三个月内，背过了一千多首诗篇。当时我在弹钢琴，练一支曲子，突然一扇窗户破了，整个房间被风吹得东倒西歪，随后又落回原处，我身边有谁在，我以为是爸爸的灵魂；但狂风像春天一般，静静地消失了——是神，站得笔直，如同他要我做的那样。我张开怀抱欢迎祂。那是二十六年前的二月三号；当时我十六岁，现在我四十二岁，我从来都没有动摇过。我生孩子的时候，没有叫杰拉尔丁，丹·瑞尼或是其他任何人，只是躺在那里一首接一首轻声念着诗篇，孩子哭声响起前，谁也不知道丹尼出生了。名字是杰拉尔丁起的。孩子是她的，每个人都以为，乡里乡亲乘车来探望她新生的宝宝，有的还带来了礼物，男人会拍着丹·瑞尼的背，说他的儿子多么棒。一旦能做到，我就搬到了三十英里以外的斯通威尔，那个镇子有尤福莱两倍大，有很大一片矿区。我和另外一个姑娘一起，开了间洗衣房，生意做得还不错，因为在采矿为主的镇子上，居民大多都是单身汉。我每月回家两次，去探望丹尼；有七年的时间里，我就那么来来去去；那是我仅有的快乐，而且很怪异，每次我都很纠结：那么美的一个小男孩，美得无法形容。但杰拉尔丁受不了让我碰他，如果我吻他，那她简直要惊跳起来抓狂；丹·瑞尼也差不多；他非常害怕我不肯一个人安静离开。我回家的最后一次，求他去尤福莱跟我见面。因为很长一段时间里，我怀着一个疯狂的念头，但求能够重来一遍，但求能够生一个跟丹尼一模一样的孩子。但我以为能跟同一个男人再生个孩子，是我想错了：我看着丹·瑞尼（那天特别冷，我们坐在空荡荡的跳舞厅旁边，我记得，他始终没把手从口袋里伸出来），然后叫他回去了，没跟他说我约他出来是为了什么。那之后几年，我都在寻找像他的男人。石头城的一个矿工，有跟他一样的雀斑和黄眼睛；一个好心眼的男孩，我跟他生了山姆，我的长子。就我的记忆，贝丝的爸爸简直就是丹·瑞尼的翻版；但贝丝是女孩，长得不像丹尼。我前面忘了说，我卖掉了洗衣店的股份，去了得克萨斯——在阿玛里洛和达拉斯干过餐厅。但是直到碰见哈尼先生，我才明白，为什么神会选中了我，我的使命又是什么。哈尼先生懂得箴言；我第一次听他布道之后跑去见他：两人才聊了二十分钟他就说，我要跟你结婚，要是你还没结的话。我说没结，但我有孩子，事实上，那时候我已经有五个孩子了。他丝毫没被惊扰。一个星期之后，我们在情人节当天结了婚。他年纪不轻了，长得跟丹·瑞尼也毫无相似之处；脱了鞋他身高还不到我的肩膀；但是神让我们俩结合，必定是有原因，有道理的：我们生了罗伊，然后是珍珠和凯特，克莱奥和小荷马——其中大多都生在你们在那边看到过的大篷车上。我们走遍全国，将神的旨意传给从未听到过的人们，他们从来没听过我男人那样的布道。我必须得讲到一件伤心事了，那就是：我失去了哈尼先生。一天早晨，那是在路易斯安那州一个奇怪的地方，是个印第安人地区，他离开大路，去买些杂物：你知道，我们就再也没见到过他。他凭空消失了。警察说的那些我根本不信；他不是那种抛下家人出走的人；违法乱纪的事他不干。”

“也许是失忆症，”我说。“就是把一切都忘了，连自己名字都不记得。”

“一个能把整本《圣经》都倒背如流的人——你认为他有可能会忘记自己名字之类的吗？一定是某个印第安人为了他的紫水晶戒指，把他害死了。自然，在他之后，我也认识过别的男人，但再也没爱过谁。丽丽，艾达，劳瑞尔，还有别的孩子，都差不多的来历。就好像我心脏下方肚子里若没有另外一个小生命在踢脚，我就过不下去似的：仿佛活得很呆滞。”

孩子们穿好了衣服，有些穿反了，衬里翻在外面，然后我们回到树下，年纪大点的女孩子们弯腰俯在火上，烤干头发，梳理整齐。我们不在的时候，一直是多莉照顾着小宝宝，她好像都不想交还人家了：“要是我们能有个孩子就好了，我妹妹，或者凯瑟琳，”艾达姐姐回答说是啊，孩子很可爱，令人满足。终于，我们围在火边坐了下来。炖汤太热了，无从下嘴，也许正因如此，这菜大获成功。因为只有三个杯子，所以法官只好轮流盛给大家吃，他玩花样，闹笑话，把孩子们弄得很兴奋：德士古·汽油发现自己犯了个错误——她的父亲不是莱利，而是法官，法官奖给她一次月球之旅，就是把她高高地举过头顶，荡来荡去：南来的，北往的，还有跟在后面的，走咯！哟！艾达姐姐说您可真壮实。当然他听了非常受用，还请她来摸摸自己的肌肉。每隔十几秒他就偷偷看一眼多莉，看多莉有没有在仰慕地望着他。她果然有。

一只斑鸠咕咕咕叫着，随着最后几缕漫长的日光渐渐减弱，叫声消失了。寒凉的空气中，一抹绿色，一抹蓝色渗入进来，仿佛我们周围，有支彩虹融化了。多莉颤抖道：“暴风雨要来了。我整整一天都有感觉。”我得意地看看莱利：我早就这么跟他说的嘛！

“天也晚了，”艾达姐姐说。“巴克，荷马——你们几个男孩去看着卡车。天知道会有什么人去顺手牵羊。倒不是说，”看着孩子们消失在夜幕降临的小路上，她又加了一句，“有什么值钱东西怕偷，除了我的缝纫机就没什么了。那么，多莉，你们有没有……”

“我们讨论过了，”多莉说着，转身求证似的望着法官。

“上法庭的话，你能打赢官司，毫无疑问，”他很专业地说。“总有一次，法律该支持正确的一方。但是实际情况……”

多莉说，“实际情况呢，”她边说，边把四十七美元，也就是我们全部的资金财产，还又加上了法官的大金表，一起塞到了艾达姐姐的手里。艾达姐姐低头看着这份赠礼，摇摇头，仿佛表示拒绝。“这样不对。可我谢谢你。”

一声轻雷响过林间，雷声过后短暂而危险的静默里，巴克和小荷马像轻骑兵一样，沿着小路全速冲过来。“他们来了！他们来了！”两人同时大喊道。小荷马推开头顶的帽子，喘息道：“我们一路跑回来的。”

“慢慢说，孩子，谁来了？”

小荷马咽口水。“那帮家伙。警长是一个，还有多少人我不知道。从草地那边过来了。还带着枪。”

雷声又响了起来；风吹起来，掠过我们的篝火。

“那好吧，”法官说着，主动当起了指挥。“大家都冷静。”他仿佛一直在等待着这一刻的到来，此时不无荣耀地就位指挥。“女人和小孩，都到树屋去。莱利，你负责布置其他人分散，爬到别的树上，随身多带些石头。”我们都照他的指示做好了之后，他仍然待在原地；神情坚毅地站在地面上，保卫着傍晚时分这紧张的沉默，就像一个船长，不肯放弃他漏水下沉的船只。

第六章

我们五个人蹲在一棵美洲梧桐树上，树干正下方就是小路。小荷马也在，还有他那个一脸苦相的哥哥巴克，手里各捏着一把石头。我们看到莱利骑在对面的另一棵美洲梧桐树枝上，周围围了一圈年龄稍大的女孩子：天色渐暗，幽蓝的夜色中，他们雪白的脸，看起来就像灯笼闪着光。我好像感到一滴雨水落下：其实是汗水从我脸上流下来；虽然雷声暂时停歇，但空气中树叶的气味和篝火的烟气浸润了雨的气息，愈发浓郁了。树屋里人太多，吃不住重量，发出不祥的咯吱声，从我的有利地势看起来，树屋里仿佛只有一个人，是个多足、多眼的蜘蛛，脑袋上还顶着多莉的帽子，活像戴着个天鹅绒的皇冠。

在我们这棵树上，每个人都拿出了一个小铁皮哨子，就是莱利从小荷马那儿买来的那种：鬼也要被它吓一跳，艾达姐姐说的。随后小荷马摘下大帽子，从巨大的帽顶里拿出一根又粗又长的绳子，很可能就是那根“上帝的晾衣绳”，然后做了个套马索。他拉紧索套，试试松紧，钢圈小眼镜闪着危险的光芒，我不禁退缩，躲到树枝后。法官在下面逡巡，低声叫上面不要乱动；他这句最后的指示话音未落，攻击就全面展开了。

入侵者们丝毫没考虑谨慎保密，他们挥舞着步枪，像镰刀砍甘蔗一样，砍过灌木丛，大摇大摆沿着小路过来，九个，十二个，也许足足有二十人。打头阵的是朱尼厄斯·坎德尔，他的警长徽章在黄昏里闪着光；他后面是大个子艾迪·斯杜沃，他斜着眼睛寻找我们的藏身之所，那副模样让我想到了报纸上的图片猜谜；在下面这棵树的图片中，找出五个男孩和一只猫头鹰。大个子艾迪·斯杜沃的智力可玩不来这个游戏。他径直看到我，却视而不见。那帮人中没几个脑子好使的，大多数人擅长的只是舔一口盐，灌一口啤酒而已，不足以给人惹麻烦。但我注意到其中有学校校长汉德先生，他向来是个体面人，你绝想不到他会跟这么一群草包混在一起，加入到这样不光彩的勾当中来。好奇心可以解释阿莫斯·罗格朗在场的理由；他来了，而且难得有一遭，他不出声：这也难怪；韦莱娜一只手搭在他脑袋上，把他当拐杖拄着呢，他的个头才差不多到韦莱娜胯部。巴斯特牧师表情阴郁，拿姿作态地搀着韦莱娜另外一只胳膊。一看到韦莱娜，我脑中浮现出母亲过世之后，她去我家接我的场面，刹那间，又默默地体会到了那时的惊恐感。她虽然脚步有点跛，却一如既往地挺拔威严，终于，她在随从的陪伴之下，在我那棵树下停了下来。

法官寸步不让；跟警长脚趾顶脚趾，对峙起来，他立场坚定，仿佛地上画了一条线，他在威胁对方不可越境。

就在这个关键时刻，我留意到小荷马，他正在悄悄地放套马索。索套一点点往下滑，像蛇一样摇晃着，绳扣开得很大，像嘴巴大张着，然后精准迅速地落在了巴斯特牧师的脖子上，小荷马及时用力拽住绳索，扼止住牧师被勒住时的喊叫声。

他的朋友们没有太多时间去考虑老巴斯特的处境，任由他满脸充血，双臂乱舞，因为小荷马的成功一击引发了全面进攻：石块纷飞，哨声四起，像野鸟啸叫，那些家伙溃不成军，乱打乱撞，躲避无门，只好伏身在已经跌倒的同志们下方。韦莱娜不得不打了阿莫斯·罗格朗一耳光，因为他试图躲到韦莱娜裙子下面去。你得说只有她一个人表现得像个真正的大丈夫：她朝着树晃拳头，骂狠话诅咒我们。

这番混乱到了最高潮，一声枪响如同铁门砰然而闭，那奇怪的、漫长的回声中，我们所有人都安静下来；但在随后的静默中，我们听到对面那棵树上传来重物跌落的声音。

是莱利跌下来了：缓慢地，软塌塌地，像死猫一样跌下来。他撞到树枝，树枝断裂，他像落叶一样飘着，然后浑身是血地落在地面上。女孩子们见状捂住眼睛，尖声大叫起来。没人朝他过去。

直到最后法官说道，“孩子，我的孩子，”然后他恍惚地跪倒在地上，抚摸着莱利软弱无力的双手。“发发慈悲吧，发发慈悲，孩子，回答我。”其他那些男人也都吓坏了，怯生生地围了过来；有人提出建议，但法官似乎没听懂。我们一个接一个从树上下来，孩子群里有人悄声问，“他死了吗？他死了吗？”话音像呻吟，又像螺号的低鸣。男人们脱帽致意，为多莉让出了一条通道；她受惊太大，根本没留意到他们的存在，经过韦莱娜时，也没看到她。

“我想知道，”韦莱娜语气严肃，不由人不注意听，“……是你们哪个傻蛋开的枪？”

那群男人警惕地你看看我，我看看你：好几个人都把视线集中在了大个子艾迪·斯杜沃身上。他的下巴哆嗦起来，舔着嘴唇：“见鬼，我没想打到人；我是执行任务，就是这样。”

“不是，”韦莱娜严厉地回答。“我认为你得负责，斯杜沃先生。”

这时多莉回过头来，她的眼神很模糊，被面纱挡住，却仿佛只把韦莱娜一个人框在里面，旁人统统不在其中。“对此负责？没人负责；只有我们自己。”

艾达姐姐取代了法官的位置，来到莱利身旁；她扯掉了莱利的衬衫。“谢谢老天，真是福大命大，他只是伤了肩膀，”她说着，周围一片宽心的叹息声，单是大个子艾迪一个人的气息，就足以放飞一只风筝。“可他摔得不轻。你们谁最好带他去看医生。”她用莱利衬衫上撕下来的布块帮他止住了血。警长和他手下的三个男人胳膊搭在一起，做成担架抬着莱利。需要抬走的不光他一个，巴斯特牧师也情况不妙，他四肢酥软，像木偶一样，太虚弱了，甚至都不知道索套还挂在他脖子上，好几个人扶着他，才上了路。小荷马追在他后面叫：“嘿，把绳子还给我！”

阿莫斯·罗格朗等在后面，陪伴韦莱娜，但她叫阿莫斯一个人先走，因为她还不想走，除非多莉——她犹豫片刻，看着我们这群人，尤其是艾达姐姐：“我想跟我姐姐单独说几句。”

艾达姐姐轻轻一挥手，完全没把韦莱娜放在心上，她说，“没关系，夫人。我们要上路了。”她抱抱多莉。“护佑我们吧，我们都爱您。是不是，孩子们？”小荷马说，“跟我们走吧，多莉。我们会很开心的。我把我的闪闪亮腰带给你。”德士古·汽油一头扑进法官的怀里，求他也跟他们一起走。似乎没人想要我。

“我会一直记得你邀请过我，”多莉说，她的眼睛匆忙扫过一个又一个的孩子，仿佛要把他们的面容统统记在心里。“祝你们好运。再见。去吧，”雷声又来了，这次更逼近，她得大声讲话。“快走吧，要下雨了。”

细雨蒙蒙，如同纱幕，艾达姐姐和她的孩子们就消失在雨幕中，韦莱娜说道：“我有没有弄错，你就跟这种——女人沆瀣一气？她还曾嘲讽我们的姓氏？”

“我认为你没道理指责我跟任何人沆瀣一气，”多莉平静地回答。“尤其不跟那些仗势欺人的家伙同流合污，”她有点失控，“偷小孩的钱，抓老太婆去坐牢。给这些行为撑腰的，这样的姓氏名号我可不觉得光彩。活该受人嘲弄。”

韦莱娜毫不退缩地承受着攻击。“你变了，不是你自已了，”她说得仿佛是医生诊断病人一般。

“你最好看看清楚：我就是我。”多莉仿佛摆好姿态等人检验。她跟韦莱娜一般高，一般地从容镇定；丝毫没有怯弱含糊之处。“我接受了你的建议，不再低头垂目。你不是说这让你看着眼晕吗。而且，没几天之前，”她继续道，“你还对我说你觉得我丢人。觉得凯瑟琳丢人。我们过去为你做了那么多；真是浪费，想明白了真是令人痛心。你懂不懂得这种浪费的感觉？”

韦莱娜声音低得几乎听不见，“我懂得，”她的眼神仿佛望着某个看不见的远处，内心的某个疙疙瘩瘩的地方。当初躲在阁楼偷窥的时候，我曾见过这种表情，就在她深夜窝在瑁蒂·劳拉·莫菲和她的丈夫小孩的几张柯达快照前时。她把一只手搭在我肩上，若非如此，我想她可能会跌倒在地。

“我以为我要带着这种伤痛一直到我死的那天。可我不会。但我这么说一点也不感到得意，韦莱娜，我也觉得你丢人。”

入夜了，蛙声、虫声渐起，喜迎雨水。仿佛湿气吸去了我们脸上的光亮，我们变得晦暗。韦莱娜无力地靠在我身上，“我不好受，”她毫无生气地说。“我病得厉害，真的，多莉。”

多莉似乎不肯相信，她靠近韦莱娜，飞快地碰碰她，仿佛她手指的触碰能觉察到真相。“柯林，”她说，“还有法官，麻烦帮我扶她上树去。”韦莱娜抗议说她可不能爬树；但劝她接受了之后，她没费多大力气就上去了。小舟一样的树屋仿佛漂浮在弥漫的雨幕雾气里，但树屋里面很干燥，因为小雨还没有穿透树冠浓密的叶子。我们沉默以对，过了半晌，韦莱娜说，“我有话说。多莉。如果只有我们两人，我比较容易说出口。”

法官两手一叉。“恐怕你得容忍我在场了，韦莱娜小姐，”他态度坚决，却无意争斗。“你要说的话可能产生的后果也许会与我有关。”

“我表示怀疑：怎么会？”她重又恢复了几分先前高高在上的气派。

法官点亮了一截蜡烛头，骤然间我们几人的影子笼上来，在我们身后，像偷听似的俯瞰着。“我不喜欢说黑话，”他说。他姿态挺拔，故意张扬着几分傲气，我想，他是有心要让韦莱娜明白，她面前的对手是个男子汉，在她往日的经验里，难得碰到男人这样胆大放肆。她觉得这简直无法原谅。“你大概忘了吧，查理·库尔？五十年，也许五十多年前，你们一群小子跑到我们家偷黑莓。我父亲捉住了你表哥塞斯，我捉住了你。那天你们可挨得不轻啊。”

法官的确记得，他脸红了，微笑道：“你打架不讲规矩，韦莱娜。”

“我规矩着呢，”她冷淡回应。“不过你说得对——既然我们都不喜欢摸黑说话，那咱们就亮堂堂地谈。坦白说，查理，看到你我很不高兴。要不是你在一旁怂恿挑唆，我姐姐决不会胡说八道这么一大堆。所以，我谢谢你，赶紧离了我们吧，这里没你什么事了。”

“不对，”多莉说。“因为库尔法官，查理……”她有点退缩，头一次对自己的勇猛直言流露出疑虑。

“多莉意思是我向她求婚了。”

“这，”过了很有悬念的几秒钟后，韦莱娜终于开了口，“的确，”她说着，低头看看自己戴着手套的双手，“很不寻常。的确。我倒真没料到你们俩中谁会有这样的想象力。再不然就是我在做梦。很可能我是梦见自己在一个雷雨天的夜里，爬到一棵湿漉漉的大树上。可我从来不做梦，不然就是梦过都忘了。这个梦，我建议我们还是都忘了的好。”

“我坦白：我认为这就是个梦，韦莱娜小姐。但男人若是不做梦，就好比不出汗一样，只会积攒一身的毒气排不出。”

她不理会法官的话；只把注意力集中在多莉身上，多莉是跟她一起的：她们一起孤独过活，两人守着一间空屋，各占一角，用一种古怪的身体语言无声地交流，微妙的眼神交换；这时，仿佛多莉给出了答案，瞬时韦莱娜面如死灰。“明白了，你接受他了，对吗？”

雨下大了，鱼儿几乎可以在里面游泳；雨声如同低音阶的钢琴声，敲击着最黑最深的弦音，汇成瓢泼大雨，虽然时时逼近，却还未攻到我们头顶：雨水沿着树叶滴落，但树屋在这湿透的大树里，仍难得地保持着干燥。法官抬手护着烛火；他也跟韦莱娜一样，焦急地等待着多莉的回答。我也跟他们一样不耐烦，但我却感到自己被放逐到了场景之外，还是那个从阁楼上偷窥的小间谍，奇怪的是，我谁也不同情；或者不如说，我不偏向任何人：对他们三人同样的温柔感觉像雨水混在一起，无法分辨，他们延展成了一个人。

多莉也一样。她无法在法官和韦莱娜之间做取舍。最后，她忍无可忍道：“我做不到，”她哭了，无可言喻地认输了。“我说过我会明辨是非。但不是这样；我做不到：

其他人呢？我以为会有选择：过自己的生活，自己拿主意……”

“但我们有自己的生活，”韦莱娜说。“你的生活没什么不光彩的。我认为你想要的都已经有了；我一向都嫉妒你。回家吧，多莉。让我来拿主意：你明白，那就是我的生活。”

“真是这样吗，查理？”多莉问道，就像孩子会问，流星都落到哪里去了？她又问：“我们有过自己的生活吗？”

“我们还没死，”法官对她说；但这么说就好像是回答那个孩子，说流星落到太空里去了：这答案无可辩驳，却又无法令人满意。多莉不肯接受这样的回答：“不一定非得死掉。在家里厨房里，有棵天竺葵一年到头地开着花。但有的花就只开一次，也许一次都没有，然后就什么也没有了。他们活着，但生活已经过去了。”

“你不是这样的，”法官说着，将脸庞贴近她的脸，仿佛要去吻她的嘴唇，却又退缩了，没敢造次。雨水终于流进来了，沿着树枝哗哗地流下来，一股水流冲掉了多莉的帽子，面纱贴在她脸上；蜡烛光闪了闪，熄灭了。“我也不是。”

闪电连续划过夜空，像火的筋脉，韦莱娜被这持续的光照亮着，我从来没见过她那副样子；她变成了一个愁容满面的女人，毫无生气——她的目光又一次转向虚空，聚焦在内心的领域，那是一片枯萎的国土；当雷电稍弱，哗哗的雨声把我们笼罩在其中时，她开口了，话音那么微弱，仿佛从很远的地方传来，仿佛根本没有期望我们听到。“嫉妒你啊，多莉。你的粉红房间。我平生只在这样的房间门口敲过门，也只是偶尔为之——却足以明白如今世上除了你，再没有别人会放我进屋。因为那个小莫里斯，小莫里斯——帮帮我吧，我爱过他，真的。不是男女之爱；其实是，哎，我承认了吧，我们的灵魂是相近的。我们能想到一块儿去，我们看到同样的恶魔，我们都不害怕；那感觉很快乐。但他更胜我一筹；我早知道他能干得出，仍希望他不会这么做，可他做了，如今，孤独太久真令人无法承受，整整一生的孤独。我在家里走来走去，一切都不属于我：你的粉色房间，你的厨房，这个家是你的，也是凯瑟琳的，我想。但求你别离开我，让我跟你一起住吧。我老了。我想要我的姐妹。”

雨声夹杂着韦莱娜的话音，横亘在多莉和法官中间，如同一面透明的墙，法官眼睁睁看着她的身影渐渐淡化、模糊，从他面前隐去，就像先前她仿佛在我面前隐去那样。非但如此，仿佛整间树屋都在逐渐消融。大风卷走了我们早已淋得湿透的纸牌、我们包扎用的纸张，动物饼干也碎了，罐子里灌满了雨水，像泉水一样飞溅出来，凯瑟琳那床漂亮的拼色棉被彻底毁了，成了一窝水。树屋要塌了，像洪水冲毁的房屋一样，注定要完了；法官仿佛被困在里面——他朝我们挥手，我们这些幸存者站在岸上。因为多莉说了，“原谅我吧，我也想要我的姐妹，”而法官够不到她，张开双臂，敞开心房，都够不到她。韦莱娜的要求不容辩驳。

快到午夜的时候，雨小了，停了；狂风绕着树转着圈。零落的几颗星星，如同舞会迟到的客人，终于拨开夜幕，出现在空中。是时候离开了。我们什么也没带走，任由被子烂着，勺子锈着，我们就这样离开，把树屋和树林留给了寒冬。

第七章

很长时间里，凯瑟琳养成了一个习惯，以她入狱之前之后来标明事件发生的时间。“那之前，”她会这么开始，“到那个人害我坐牢之前。”而我们其他人，也会遵循相似的时间点来划分历史；也就是说，在树屋之前，或之后。秋日的那几天是一个里程碑，一个标志杆。

法官再也没有回到他跟儿子媳妇一起住的那个家，只是去取走了自己的东西，他这一走，想必遂了儿子媳妇的心愿，反正，当他决定去贝尔小姐的公寓租个房间住时，他们并没有反对。那是一幢严肃的褐色房子，最近被一个殡葬业人士接手，变成了殡仪馆，因为他看中了这个房子只需极简单的装修，就可以呈现出必要的肃穆气氛。我不喜欢从那里路过，因为贝尔小姐的房客中，一群太太们，跟院子里长了满地却不开花的玫瑰树丛一样满身是刺，从早到晚待在门廊上，看得可紧了。其中一个死了两任丈夫的寡妇玛米·坎菲尔德尤其擅长发现孕妇（传说有个伙计曾经跟他老婆讲，说干吗浪费钱去看大夫呢？只要从贝尔小姐家门口走上一趟，玛米·坎菲尔德就能马上让全世界都知道你到底是有了没有）。法官搬进去之前，阿莫斯·罗格朗是贝尔小姐的公寓里唯一的男房客。对其他房客来说，他简直是天赐的宝贝：对她们来说最神圣的时刻就是晚饭之后，阿莫斯坐在秋千椅上摇晃着，一双小短腿都够不着地面，舌头颤动着吹出闹钟似的哨音。她们互相比试着为他编织袜子毛衣，照顾他的口味：吃饭的时候，最好的东西都给他留在盘子里——贝尔小姐很难留住厨师，因为太太们永远都在厨房里碰碰弄弄，想弄点精美的吃食，能让她们的宝贝儿动心。也许她们会愿意这样对待法官，可法官根本不理会她们，从来都不，于是她们抱怨着停了手，自己混日子去了。

在树屋度过的最后那个夜晚淋得太湿，我染了重伤风，韦莱娜更糟糕；照顾我们的护士多莉也一直在打喷嚏。凯瑟琳不肯帮忙："多莉心肝儿，你爱干吗就干吗吧——爱给那个人端屎端尿，累倒为止随便你。可别指望我动一根手指头。我是撂挑子了。"

多莉整夜里出出进进，帮我们拿来糖浆止咳，照顾着炉火为我们取暖。韦莱娜没有像往日那样，理所当然地接受这些照顾。她对多莉许诺说，“春天的时候，我们一起出趟门吧。我们可以去大峡谷，看看瑁蒂·劳拉。也可以去佛罗里达：你都从来没见过大海。”但多莉哪儿都不想去，她就想待在家里：“我不会开心的，外面风景太美，会让我所熟悉的一切相形见绌。”

卡特医生定期来看我们，一天早上，多莉问他可否介意帮她量量体温；她觉得浑身发热，腿脚无力。医生立刻让她上床躺下了。医生说她得了非典型肺炎时，她还觉得很幽默。“非典型肺炎，”她对来探望的法官说，“这肯定是种新事物，我从来没听说过。我感觉就好像踩着高跷似的。真有趣，”说完，她沉沉睡去。

接连三四天，她都没有真正醒来。凯瑟琳陪在她身边，衣不解带地坐在一张藤椅上打个盹，每当我或者韦莱娜蹑手蹑脚地进来，她就低声咆哮。她还坚持用一张耶稣画像给多莉扇风，仿佛是夏天，需要降温；她完全不理会卡特医生的嘱咐，简直让人看不下去：她指着医生派人送来的药物，声称：“这种东西，喂猪也不吃。”最后卡特医生说除非病人去住院，否则他负不起责任。最近的医院在六十英里远的布鲁顿。韦莱娜从那里叫了辆救护车来。她真该省下这笔钱，因为凯瑟琳从里面锁上了多莉的房间，说谁敢第一个上来开门，就叫他坐救护车走。多莉不知道人们要带她去哪里；不管是哪里，她哀求不要去：“别闹醒我，”她说，“我不想看大海。”

到周末的时候，她总算可以在床上坐起来；几天过后，她又有了些力气，恢复了跟购买浮肿药水的客户通信往来。她很担心那些堆积如山等待处理的订单；凯瑟琳认为多莉康复自己居功最高，她说，“等着瞧吧，用不了几天，我们就能到外面炖上一锅。”

每天下午四点钟，法官准时出现在花园门口，吹口哨让我给他开门。他走花园的门，而不走正门，就减少了碰到韦莱娜的机会——倒不是她反对法官来访：事实上，她还特地准备了一瓶雪利酒，一盒雪茄烟来招待他。通常他会给多莉带件礼物，要么是凯蒂德面包房的蛋糕，要么是鲜花，金褐色气球状的菊花一拿来，立刻被凯瑟琳没收了，理由是它们会把空气中的营养全吸走。凯瑟琳始终不知道他曾跟多莉求过婚；但她本能地感觉到情形不尽如意，于是每次法官来访，她都坚持陪同，一边豪饮着为法官准备的雪利酒，一边高谈阔论，大半的话倒都是她说的。但是我疑心，法官也罢，多莉也罢，都没什么要背着人的话；他们不动声色地接受了彼此，人们心有所属，心意已定时，总是心平气和，不动声色。如果说他在别的方面被辜负了，失望了，那也不是因为多莉，因为我相信，多莉已经成了他想要的那个人，世上唯一的那个人——就像他描述的，那个可以尽情倾诉一切的人。但是，一切都可以讲，也许就没什么需要讲了。他坐在她的床边，心满意足，也不指望谁来招待他。多莉经常因为发烧而昏昏欲睡，终于睡去，如果她在睡梦中皱眉或者呜咽，他就唤醒她，用明朗的笑容欢迎她恢复知觉。

从前韦莱娜不许我们买收音机；她非要说那些下流小调会扰乱人心；再说，还得考虑花销。是卡特医生说服了她，让她相信多莉应该有个收音机；他预见到多莉会需要一个漫长的康复期，收音机会让她心情好些。韦莱娜买了收音机，无疑，付了很贵的价钱；但那个罩子形状的盒子实在是难看，抛光也粗糙。我把它拿到院子里，漆成了粉红色。即便如此，多莉还是不大愿意把它放在自己房间里；但后来，你就别想从她那儿把它拿走了。她跟凯瑟琳总是开着收音机，机器时常热得足够孵出小鸡来。她们喜欢听橄榄球比赛转播。当法官试图把比赛规则讲解给她听时，多莉阻止他说，“求你别讲。我喜欢保持神秘。大家都大喊大叫，都那么开心：如果我了解了是怎么回事，可能就不觉得那么热闹，那么开心了。”一开始法官很生气，因为他没办法说服多莉去支持任何一支球队。她认为两边都应该赢得比赛：“都是些很不错的小伙子，我敢肯定。”

因为收音机的事，有天下午我跟凯瑟琳口角了几句。就是莫德·赖尔登在州里参加广播比赛的那个下午。自然，我想听她演奏，凯瑟琳知道，但她却调频去听一场杜兰对佐治亚理工的球赛，还不许我靠近收音机。我说，“你是怎么了，凯瑟琳？自私自利，不知满足，固执任性，简直比韦莱娜一向还不如。”仿佛为了弥补她遭遇牢狱之灾损失的尊严，她就必须得在泰博家里加倍施威：我们至少得尊重她的印第安血统，接受她的暴政统治。多莉是愿意的，但在莫德·赖尔登这件事上，她跟我站在一边：“让柯林找他要听的频道。不听莫德演奏就太没有教友精神了。她是我们的朋友。”

每个听过莫德演奏的人都同意她应该拿第一名。结果她得了第二，这让她家人很高兴，因为这就意味着她可以拿半份奖学金，去大学里学音乐。可我们仍然觉得这不公平，因为她演奏得非常美，比赢得大奖的那个男孩子好太多了。她演奏了父亲的小夜曲，在我听来，就跟那天在林中听到的一样美。打那天往后，我浪费了好多个钟头，涂画她的名字，在脑袋里描绘她的魅力，她头发那香草冰淇淋般的颜色。法官来访，正好赶上听广播，我知道多莉很高兴，因为这一来仿佛我们又一次在林中聚首，音乐像蝴蝶般在身边翩翩飞舞。

几天之后，我在街上碰到了伊丽莎白·亨德森。她刚去过美容院，因为她的头发刚卷好，指甲也抹着蔻丹，她看起来完全像个大人了，我称赞她美。“是为派对打扮的。我希望你的道具服装准备好了。”突然我记起来了：她和莫德请我去装扮成算命巫师的那场万圣节派对。“你不会忘了吧？哎呀，柯林，”她说，“我们忙得像狗一样！赖尔登太太做了果子酒。要是有人撒酒疯什么的，我可不会奇怪。总归这是莫德的庆祝会，因为她得了奖嘛，还有，”伊丽莎白扫视街道，寂静的房屋和电话亭显得死气沉沉，“她要走了——去上大学，你知道的。”一种孤寂感袭来，我们俩都不想各走各路：于是我提出送她回家。

在路上我们在凯蒂德面包房停下来，伊丽莎白去店里订了个万圣节蛋糕，围裙上沾着糖霜的C. C. 康蒂太太从烤炉房间迎出来，问候多莉的病情。“可想而知，还算正常吧，”她叹息道。“想象下，非典型肺炎。我有个妹妹，她得了普通的肺炎。至少我们得谢天谢地，好歹多莉是躺在自己家床上；我知道你们几个都回家去，就安心了。哈哈，现在我们大概可以嘲笑当初办的那些傻事。瞧，我刚烤好一盘甜甜圈；你带回去给多莉，就说我问她好。”我和伊丽莎白还没走到她家就把甜甜圈吃掉了一大半。她邀请我进去喝杯牛奶，把剩下的甜甜圈都吃完算了。

亨德森家的房子当初所在的地方，现在成了加油站。当初那里大约是十五间透风撒气的房间随随便便钉在一起，如果莱利干木工活没有那么在行，那地方很可能早被流浪动物们占据起来了。他在户外有个棚子，既是工作间，又是休息室，他会整个上午都待在那里，锯木头，刨木片。靠墙的架子上堆满了各种过去兴趣爱好的遗物：蛇，蜜蜂和蜘蛛，都用酒精密封着，有只蝙蝠在瓶子里慢慢腐烂；航船模型。他少年时对制作动物标本的热情留下了一座可怜的恶臭动物园：一只没有眼睛的兔子，身上的毛像生蛆一样，变成了绿色，耳朵像猎犬一样耷拉着——类似这样最好埋葬的东西。最近我去看过莱利几次；大个子艾迪·斯杜沃的子弹打穿了他的肩膀，倒霉的是他得打上又重又痒的石膏，他说那玩意足有一百磅。他不能开车，连个钉子都砸不进去，他能做的，就只有闲逛，瞎琢磨。

“如果你想见莱利，”伊丽莎白说，“去棚子里就能找到他，我猜莫德大概跟他在一起。”

“莫德·赖尔登？”我有理由感到惊讶，因为从前我去探访莱利的时候，跟他坐在棚子里时，他曾讲过一番道理，说在这里不会有姑娘来烦我们，他吹牛说他这里的门槛没有女性获准踏进来过。

“念书给他听。诗歌，剧本。莫德真是可爱极了。虽然我哥哥过去待她一点都不好，但她还是既往不咎。我猜，像他那样，经历了一次差点没命的事，我猜这能改变一个人——让他变得更愿意接纳好的事物。他会整个钟头都让莫德替他读书。”

棚屋在后院里，无花果树荫下。几只母仪威严的芦花鸡在门外踱步，啄食夏天里向日葵落下的种子。门上早已泛白的字迹是他童年时的警告，“闲人勿进”。我突然有点胆怯。我能听到门内传来莫德的声音——她朗诵的声音，那单调起伏的调子，若给学校里的捣蛋鬼们听到，一定会很热衷模仿。随便跟谁说莱利·亨德森变成了这副样子，他一定会说莱利从树上摔下来，肯定是摔坏了脑子。我悄悄来到棚屋的窗下，看到一眼：他专心在研究一个拆散的钟表机芯，从他脸上的表情来看，他听到的内容，并不比苍蝇哼哼更加令人振奋；他举起手指去掏耳朵，仿佛是为了降低噪声刺激的干扰。然后，正当我决定要敲窗吓他们一跳的时候，他把机芯放到一边，绕到莫德身后，合上她手里正念着的书。他微笑着，将她一缕头发捏在手里——她就像小猫被捉住了后颈皮似的，温顺地站了起来。突然间，他们仿佛镶上了金边，周身的光芒刺痛了我的眼睛。显然，这不是他们第一次接吻。

就在不到一周前，因为莱利对这种事经验丰富，所以我跟他吐露过心事，告诉他我对莫德的感情：求他指点迷津。我希望我是个巨人，那我就可以抓住棚屋，摇成一堆碎木片，砸烂大门，当面痛斥他们两个。可是——我能指责莫德什么呢？尽管她一直说莱利的坏话，可我早就知道她一颗心全在莱利身上。又不是说我们之间早有共识；我们最多算是好朋友罢了：最近几年，连好朋友都算不上。我穿过后院回去，那些骄傲的芦花鸡跟在我后面嘲弄地叽叽呱呱叫着。

伊丽莎白说，“这么快你就回来了。要不就是他们没在那儿？”

我告诉她说不方便打扰他们。“他们交流着那么美好的东西。”

但伊丽莎白听不出讽刺。虽然她内心如同外表那般精致玲珑，却是个太较真的人。“真妙，不是吗？”

“妙极了。”

“柯林——老天，你怎么哭了？”

“没什么。其实，我感冒了。”

“希望你还能来参加派对。但你必须得化妆。莱利要打扮成恶魔。”

“他挺适合。”

“当然我们希望你穿上一身骷髅装。我知道只剩最后一天了……”

我根本不想去那个派对。一回到家，我就坐下来给莱利写信。亲爱的莱利……亲爱的亨德森。我把亲爱的几个字划掉，单称亨德森足矣。亨德森，你的背叛逃不过世人的眼。接下来的几页纸都充满了我们友谊的起始，光荣的历史；后来渐渐地，一种感觉越来越强烈，有什么地方不对劲：这样一个绝好的朋友不可能对不起我。结果，快到最后的时候，我发现自己疯了似的一个劲地说他是我最好的朋友，是我的兄长。于是我把这些胡言乱语丢进壁炉里去了，五分钟之后，我跑到多莉的房间里，问她有什么办法能在第二天晚上之前，给我做身骷髅装。

多莉针线活不大擅长，要她把下摆缝短一点她也会觉得困难。凯瑟琳也是这样；但凯瑟琳总是假装各方面都是内行，尤其是那些她最不擅长的行当。她派我去韦莱娜的杂货店，拿七码质量最好的黑缎子。“有七码料子的话，应该会有富余，我和多莉可以做两件衬裙。”然后她拿软尺装模作样地帮我量高和宽，量体裁衣的程序没有错，但她根本不知道怎么把量得的数据落实到剪刀和布料上。“这一小块，”她说着，胡乱劈下一码，“可以给谁做条漂亮的灯笼裤。还有这块，”刷刷两剪刀下去，“……加个黑缎子领口肯定可以让我的旧花裙子增色不少。”剩下来给我用的那点料子，给侏儒做块遮羞布都不够。

“凯瑟琳，亲爱的，我们不能只考虑自己的需要，”多莉警告道。

整个下午，她们一直在工作。照例来访的法官也被迫学着穿针引线，这活儿凯瑟琳很看不上：“搞得我一身鸡皮疙瘩，就跟往钓鱼钩上装蚯蚓一样。”晚饭时间，她叫停，回到了她自己那豆子地里的家中。

但是多莉一心想把活干完；而且她有点兴奋，话很多。她双手不停地在缎子上飞针走线；她的话一句一句，正如缝出来的线条一样，也歪歪扭扭穿成一道。她说，“你认为韦莱娜会让我举办场派对吗？现在我有这么多朋友了。有莱利，有查理，我们是不是还可以请康蒂太太，莫德和伊丽莎白？春天的时候，在花园里聚会——可以稍微放点烟花。我父亲干缝纫可擅长了。可惜我没遗传到他的本事。过去的时候，好多男人都会缝纫；爸爸曾经有个朋友，他缝的拼布被子，得过不知道多少奖。爸爸说做缝纫能让他放松，尤其是干完农场上那些又粗又重的活儿之后。柯林，你能答应我一件事吗？开始的时候我反对你来这里住，我一直觉得这样不对，一屋子全是女人的家里，抚养一个男孩子。老女人有很多偏见。但事情已经如此；再说现在我也不担心了：你会干出一番事业，你能过得不错。我想让你跟我保证的是：别对凯瑟琳不好，尽量别跟她渐渐疏远。有些夜晚，我想到她被抛弃遗忘，就难过得睡不着。给，”她拿起给我做的道具服装，“看看合身吗？”

两腿间太紧，屁股后面又太大，耷拉着，像老头子的内裤；两条裤腿宽大得好似水手的灯笼裤，一根袖子长度够不到手腕，另一只却直把手指头尖都盖住了。多莉承认做得不大时髦。“但我们把骨头画上去以后……”她说。“银色颜料。韦莱娜曾经买过一盒，用来刷一根旗杆——那是她反对政府以前的事。应该还在阁楼上某个地方，那一小罐漆。看看床底下，能找到我的拖鞋不？”

医生禁止她下床，凯瑟琳也不会允许。“要是你责怪，那就不好玩了，”她说着，自己找到了拖鞋。法庭的大钟敲了十一点，就是说现在是十点半，这座城里，体面人家的大门九点钟就上了锁，现在是夜深人静的时刻；感觉甚至更晚，因为隔壁的韦莱娜已经关上写字台上床睡觉了。我们从衣柜里拿了盏油灯，在颤巍巍的灯光里，蹑手蹑脚蹬着楼梯上了阁楼。那上面很冷；我们把灯放在一个桶上，把它当火炉似的，不舍得离开。塞满锯末的人头模型，曾经用于销售圣路易斯的帽子，如今却默默凝视着我们四处搜寻，我们手到之处，到处是翻倒凿穿的声音。一罐樟脑丸哗啦一声倒了一地。“天哪，天哪，”多莉叫道，一边咯咯地笑，“若是被韦莱娜听到，她准得打电话叫警长。”

我们发掘了无数把刷子，在一堆干透了的节日花环附近找到了那罐漆，结果不是银色，而是金色的。“当然这样更好，对不对，金色的，看起来好像价值连城。可你瞧我还发现了什么。”那是个鞋盒子，上面系着绳子。“我的宝贝，”她说着，在灯下打开了盒子。灯光下亮出一个空的蜂巢，一个马蜂窝，还有一个丁香橙[1]，经年累月早没了香

---

① 将许多作为调味料食用的干燥丁香花蕾插在橙子表面，可以排列成任何图案或造型，就成了作为装饰用的“丁香橙”，这种饰品可以长时间保留丁香和橙子的香气。

味。她还给我看了一个完好无损裹在棉花里的蓝色鸟蛋。

“我太讲道德，所以凯瑟琳帮我偷来了鸟蛋，这是她送我的圣诞节礼物，”她面露微笑，在我看来，她的脸像飞蛾一样飘浮在玻璃灯罩边上，也像飞蛾一般的勇敢，脆弱。“查理说爱情是一环接一环的。我希望你听进去，并且领会了他的话。因为当你能爱上一件东西，”她像法官当初拿着树叶那样，无比珍贵地握着那颗蓝色的鸟蛋，“你就能爱上别的东西，那你就拥有了它们，生命中有它做伴。你就可以原谅一切。哎，”她叹息道：“我们还没给你上颜色呢。我要让凯瑟琳大吃一惊；我们就跟她说，我们睡觉的时候，小人儿来把你的衣服做完了。她肯定会吓一跳。”

法庭的钟声又一次传来，每一声钟响都像一面小旗，在这冰凉、沉睡的小城上空律动着。“我知道有点痒，”她一边说着，一边在我胸前画着一道道肋骨，“但是如果你不站稳，我会画坏掉的。”她蘸蘸刷了，又在袖子上划过，然后是裤子上。“你必须得记住人们的恭维话：肯定很多人要称赞你的造型，”她一边很不谦虚地欣赏自己的作品，一边说道。“哎呀，天哪……”她双臂环绕着自己，笑声绕梁不绝。“你难道看不出……”

我就像那个漆地板，结果把自己堵到墙角去的笨蛋。我身前身后都新涂了金色，哪里都动不得，这身衣服一时是脱不下来了：我固定在一个姿势，伸出一根手指责怪她。

“你得转圈，”她嘻笑道。“转圈干得快些。”她开心地展开双臂，穿过阁楼地板上的阴影，慢慢地、笨拙地转着圈，她的和式睡衣鼓了起来，拖鞋里的一双纤瘦的脚微微颤抖着。仿佛她跟另外一个舞蹈者撞车了似的：她踉跄几步，一手支额，一手扶着心口。

在遥远的声音的地平线上，一声火车汽笛声响过，将我惊醒，看见她迷乱皱缩的眼睛，抽搐颤抖的脸。我抱住她，漆的颜色粘了她一身，我喊韦莱娜；快来人，帮帮我！

多莉轻轻说，“安静，现在安静。”

夜间的房屋若突然灯光大亮，那就是宣告灾难的发生。凯瑟琳拖着脚，从一个个房间走过，将那些许多年没用过的灯一一打开。我身上仍穿着那身毁掉的道具，坐在光线大亮的前门厅里，浑身发抖，法官跟我坐在一张长椅上。他闻讯立刻赶来了，只在法兰绒睡衣外面披了件雨衣。每当韦莱娜走近，他总是很规矩地将两条光腿收好，像个年轻姑娘似的。邻居们被我们明亮的窗户召唤而来，悄悄询问发生了什么事。韦莱娜在门廊上跟他们讲：她的姐姐，多莉小姐，中风了。卡特大夫不允许任何人进她的房间，我们都听命，凯瑟琳也不例外，等她终于将所有的灯都点亮以后，凯瑟琳站到了多莉的门口，将头靠在门上。

大厅里有个衣帽架，上面有好多钩子，还有一面镜子。多莉的天鹅绒帽子挂在上面，日出的时候，清风吹过房间，镜子里浮现出帽子微微颤动的面纱。

于是我突然心里明镜一般，知道多莉离开了我们。不知多久之前，没人知道的时候，她就走了；在想象中，我跟随她去了。她穿过了广场，到了教堂，现在她到了山上。印度草在她身下闪着光，她只需走那么远。

第二年九月，我跟法官一起出了趟门。那之前的几个月里，我们不常碰到——有一次我们在广场遇见，他说我想去的时候，尽管去看他。我想去来着，但每次当路过贝尔小姐公寓，我都转过脸去，绕开走。

我曾读到过，过去和未来是螺旋的，一个环里面套着下一个，预示着未来的主题。也许这是真的，但在我看来，我自己的生活更像一系列封闭的圆，不能自由发展成螺旋的圈：对我来说，要从一个点到达下一个，就得通过跳跃，而不是自然而然地顺过去。中间的空白，就是那不知往何处跳的等待，让我变得很弱。多莉死了之后很长时间里，我都在晃荡。

我自己的想法是要好好玩一阵。

我待在菲尔咖啡馆，玩弹子机赢免费啤酒；卖给我啤酒是违法的，但菲尔心里有数，认为总有一天我会继承韦莱娜的钱，也许能帮他进入酒店行业。我往头发里抹上发蜡，跑到别的镇上去跳舞，深夜里用手电筒闪，用石子敲姑娘的窗口。我认识乡下有个黑人卖一种叫“黄鬼”的杜松子酒。谁有汽车我就跟谁好，对谁殷勤。

因为我醒着的时间，一刻也不想待在泰博大宅里。那里面的空气太厚重，不流动。厨房被陌生人占据了，那是个内八字脚的有色人种姑娘，整天在唱歌，就像小孩子到了晦气的地方，哼着歌给自己壮胆提气。她烧饭不好吃，任由厨房的天竺葵枯萎死去。当初韦莱娜雇她，我是赞同的。我以为这样能让凯瑟琳打起精神来工作。

相反，凯瑟琳一点想打垮这新来姑娘的兴趣都没有。她隐退回了自己在菜园里的家。她把收音机也带走了，过得很舒适。“我撂下挑子，就万事大吉了。我要享受休闲，”她说。休闲生活令她发胖，她两脚都肿了，只好把鞋子割开一条缝。她继承了多莉的习惯，并且愈演愈烈，比如爱吃甜食；她让杂货店给她送两大盒冰淇淋到家里，当晚餐吃。她坐着时，时常有糖纸落在腿上。她还想尽办法挤进多莉从前的衣服里，直到后来身材太走样，穿不进为止。仿佛这么做，她就可以把朋友留在身边。

我们俩的见面是一种煎熬，我去得心不甘情不愿，除了我没人陪伴她，所以我更加不愿意去。我逃掉一天不去看她，然后三天，有次整整一个礼拜都没见她。当我隔了许多时日再去时，她显得漫不经心，沉默以对，我自以为她这是埋怨我；事实上我因为良心有愧，自己心里有鬼，所以没看清真相，其实我来没来她根本不在乎。一天下午她证明了这点。她直接把嘴巴里支撑起下巴的棉花团拿掉了。没了那团棉花，她讲话我就完全听不懂了，跟其他人一样不明白她的意思。事情发生的时候，我正在找借口想早点离开。她掀开炉膛盖子，把棉花吐进了火里，她的脸立刻就瘪下去了，仿佛饿坏了。现在我想来，那不是泄愤的表示：她只是为了让我明白，我没义务去看她：她宁肯不跟我分享未来。

偶尔莱利会开车带我出去——但我不能指望他，或者他的车，因为他现在有正事要忙，不常有空。他雇了一个拖拉机车队，帮他清理城外新买的九十英亩土地；他计划在那里盖房子。当地几位士绅对他的另外一个计划也很赞叹：他认为镇上应该建一个缫丝厂，每个居民都是股东；除了可能带来利润之外，工业能增加我们的人口。关于这个提议，报纸上刊登了一篇热情洋溢的社论，稿子还说当地出了亨德森这样的有为青年企业家，值得全城为之自豪。他留起了小胡子，租了间办公室，请妹妹伊丽莎白给他当秘书。莫德·赖尔登进了州立大学，他差不多每个礼拜都会开车带妹妹们去看望她，因为妹妹们太孤单，很想念莫德。莫德·赖尔登小姐跟莱利·亨德森先生订婚的消息，刊发在愚人节当天的《信使报》上。

他们六月里结婚，举行的是双方互换戒指的新式婚礼。我是婚礼的引座员之一，法官是莱利的伴郎。除了亨德森姊妹以外，其他所有的伴娘都是莫德在大学里认识的社交女孩；《信使报》用了个风雅的恭维词，称她们是美丽的新秀名媛。新娘拿着一束茉莉和丁香组成的捧花；新郎穿着鞋罩，抹顺了唇髭。他们收到了丰厚的礼物，摆满了桌子。我送了他们六盒香皂，还有一个烟灰缸。

婚礼结束之后，我跟韦莱娜一起，撑着她的黑伞回家。那天日头很毒，热浪袭来，劲头好比浸会庆祝钟声的声浪。我夏日里剩余的日子必如这正午的街道一般凝滞酷烈，简直越过越长。夏天，又一个夏天，又是冬天：不是螺旋，而是像阳伞的影子一样，一个封闭的圆形。如果我迟早要跳出去——我心一横，说了出来。“韦莱娜，我想出去。”

我们走到花园门口；“我知道。我也想，”她说着，合上伞。“我曾希望跟多莉一起去旅行，我想带她去看大海。”因为气宇轩昂的缘故，韦莱娜一直看起来身材很高大，现在她些须有点驼背，头也垂下了。我很奇怪，自己过去怎么会那么害怕她，因为她现在变得更女性化，畏首畏尾。她说有小偷，门闩好，屋顶还装了避雷针。过去她的习惯是每月一号，亲自去收各种欠款和租金；当她停止这么做时，镇上一时很不安；没了这种缺钱的紧巴日子，人们觉得不对劲。女人们说她没有家人，失去了姐姐她就迷失了自己；她们的丈夫责怪莫里斯·里茨博士：是他打垮了韦莱娜的精神，他们说；虽然他们经常跟韦莱娜吵架，但还是讨厌里茨。三年前，我回到这个镇上，我的第一项工作就是处理泰博产业的文书，在韦莱娜的私人物品中，她的钥匙，瑁蒂·劳拉·莫菲照片等等杂物中间，我发现了一张明信片。上面的日期是多莉去世后的两个月，圣诞节收到的，来自巴拉圭：用我们南半球的话说，Feliz Navidad[①]。你想念我吗？莫里斯。我看到这里，不禁想起她的眼睛是如何变得永远游移不安，目光内省而痛苦，我记得莱利结婚那天，酷烈的日光映得她眼睛流泪，却突然凝注了目光，暂时有希望升起："旅行可能会很长。我考虑过卖掉几处——几处房产。我们可以坐船；你也从来没见过大海。"我从花园篱笆藤上采了一支忍冬的嫩芽，她眼看我把嫩芽扯碎，仿佛我撕碎了她的梦想，她为我们设计的旅程。"哎，"她摩挲着颊上一颗泪痣，"那好吧，"她用很务实的口吻说，"你有什么雄心壮志？"

于是直到九月份我才去拜访法官，跟他道别。箱子都收拾好了，阿莫斯·罗格朗替我剪了头发（"宝贝，你可别秃了头才回来。我说啊，外头人坏着呢，老想赚你便宜，雁过拔毛。"）；我穿着新套装、新鞋子，戴着灰色的软呢帽（"柯林·芬威克先生，你如今可是鸟枪换炮，出落得一表人才！"康蒂太太叹道。"你要当个律师吗？已经打扮得很有律师派头了嘛。不，孩子，我就不吻你了。我这一身面

---

① 西班牙语，"圣诞节快乐"。

包房的灰，把你这身好衣裳弄脏了，那多过意不去。你写信回来，听见没？”）：当天晚上，一列火车将载着我一路北上，穿过广阔的大地，去往大城市，大展拳脚，建功立业。

在贝尔小姐公寓，她们告诉我说法官出去了。我在广场上找到了他，看到他让我心头一阵悸痛，他那么整洁挺拔，领子扣眼里缀着一朵金樱子花，混迹于一群闲聊，吐痰，混日头的老头子中间。他挽着我的胳膊，带我离开了他们；我们漫步经过了教堂，出城上了河边树林的小路，边走，他一边亲切地讲他当年在法学院读书的日子，给我提出各种建议和指导。就是这条路，就是这棵树：我闭上眼，让它们的形象固定在我心里，因为我不相信我会回来，我想不到未来我会踏遍千山无法释怀，直到这树魂牵梦绕，将我唤回来。

仿佛我们俩都不知道要往哪里走。我们静默着，惊异地从墓园山顶俯瞰下去，然后手挽手地下山，走进那片经过夏日炙烤，又被九月抛光的草地。干燥的草叶轻轻拂动，瀑布般的色彩倾泻而过；那一刻，我想让法官听到多莉告诉我的话：这是草竖琴，里面聚集了多少话音，讲着一个记忆中的故事。我们倾听。

译后记

据说卡波蒂留给人世最后的话是："是我，我是巴蒂。我冷。"

"巴蒂"是他小时候，姨婆苏克喊他的名字。自从《冷血》一九六六年出版，并且举行了盛大的黑白主题庆祝舞会之后，卡波蒂就再没写出过一个长篇。漫长的余生里他酗酒，嗑药，放浪形骸，上电视大放厥词，写文章揭名流的短，直到得罪光了人，超速搞丢了驾照，幻觉发作，脑萎缩。一九八四年，卡波蒂五十九岁，深居简出，最终死在洛杉矶，他的老朋友琼妮·卡森家里。琼妮说，卡波蒂最后的遗言是："是我，我是巴蒂。我冷。"

卡波蒂生于一九二四年，他出生时母亲莉莉·梅·福克才十七岁，杜鲁门四岁时母亲与他的生父阿库里斯·珀森斯离异，之后将他留在亚拉巴马跟着自己娘家的亲戚珍妮·福克住，而自己则跟第二任丈夫，古巴商人约瑟夫·卡波蒂一起住在纽约。珍妮和姐姐苏克都是老小姐，珍妮当家，是个强势的大家长，是她力挽狂澜，让这个南方家族没有彻底衰败，而苏克·福克，则智力和情感终生未达到成熟，她爱做蛋糕，爱做草药，与小卡波蒂是好朋友。

《草竖琴》里的多莉，就是以苏克为原型创造的人物。事实上《草竖琴》的故事，很大程度上来自卡波蒂真实的童年。苏克有个独门秘方，制作药水治疗浮肿，她每年都做这种药水，直到六十二岁。珍妮想给这个药水申请专利，后来又想把秘方卖给厂商，但苏克都不答应，坚持到把这秘密带进了坟墓。

《草竖琴》的叙述者，男孩柯林·芬威克父母双亡后，被韦莱娜和多莉两个老小姐姨婆收养，跟黑人女仆凯瑟琳一起生活。现实中苏克和妹妹因为浮肿药水秘方的争执成了小说里矛盾的起点，冲突之后多莉、凯瑟琳和柯林一起离开了家，躲进了树林里一间古老的树屋。后来又有一位退休法官和另一个边缘少年加入，他们一起组成了小小的流放者团伙。这几个被主流社会所遗弃的人，在树屋里度过了一个心灵交汇的夜晚，却发现韦莱娜发动镇上的权威人士组团追杀他们来了。

对抗发展到最激烈的时候，一声意外的枪响伤了一个人，却也唤醒了众人——尤其是多莉和韦莱娜姐妹——的理智，认识到这种对抗的毫无意义。多莉他们回了家，旧的秩序恢复了，新的友谊建立起来，生命按照自然的节奏向前走，有人逝去，有人成长，离去，只剩墓园边上一片火红的印度草絮絮地讲着他们的故事。

《草竖琴》是卡波蒂走向成熟的一部作品，与他的成名之作，同样自传体的《别的声音，别的房间》比较起来，那种美国南方特有的哥特式阴郁和古怪几乎消失不见了，就像苏克也许给了卡波蒂一生最为温柔阳光的陪伴，《草竖琴》的气氛也温柔醇和，时常幽默诙谐，故事讲得非常抒情。即便是暴力的场面，畸零的人物，生离死别，也仿佛透过印度草的歌声，变得悠远，好像隔着晨雾的朦胧美。

作为美国二十世纪最为著名的作家之一，卡波蒂时常会受到批评，说他根本没有虚构故事的能力——的确，连《草竖琴》里的树屋都是真的。姨婆珍妮家后院里有棵很大的核桃树，树上有座三十年代建造的树屋。树屋很华丽，有柏木结构的古董旋转楼梯，铁皮屋顶，里面居然还有张藤沙发。当年卡波蒂经常跟他的姨婆苏克，或好朋友奈丽·哈珀·李——就是《杀死一只知更鸟》的作者——一起待在树屋里。

卡波蒂少年时很不适应学校生活，以至于老师怀疑他智力不足，但专业人士测试得出了相反的结论——这是个少年天才，智商超群。后来这位虚构能力欠缺的少年天才作家给自己发明了一种文体：非虚构小说。他耗费几年时间跟踪追查一桩灭门惨案，从受害者到凶手的身世背景，凶案发生到审判，做了严谨记录，终于成书《冷血》。卡波蒂这位炒作高手，为了庆祝这本皇皇巨著的诞生，在纽约的广场酒店举办了一场盛大的假面舞会，以黑白为主题，明星齐聚，华丽无比，直至今日，仍是时尚史上最著名的派对之一，风格为无数人所模仿，试图复制。

卡波蒂身高只有一米六一，对自己的同性恋倾向直言不讳，少年时美得精致玲珑，一张颠倒众生的照片招来毁誉无数。他声音尖利，言谈举止迷人又做作。从《草竖琴》到《蒂凡尼的早餐》，随着一部部新作面世，从百老汇到好莱坞，他是出尽风头，成为许多名媛淑女的“闺(gay)蜜”。

早在一九五八年前后，他就计划着将他在名流圈中观察到的东西写成作品。这部吆喝了好多年的《应许的祈祷》他终生没有写完，只在一九七五和七六年，在《Esquire》杂志上分别刊出了两章，其中一章的故事，暴露了一位权重名媛兄妹失败的家庭生活，导致卡波蒂为上流社会所排斥。七十年代后期，卡波蒂进进出出戒毒中心之余，继续得罪人，说话不算数，虽减肥整容试图重振士气，最终还是自毁倾向占了上风，倒在毒品和酒精门下。八十年代，他只能偶尔保持清醒，到一九八四年他因为肝癌去世之前，只有几个短篇问世。

《草竖琴》是卡波蒂自称最喜欢的作品，是他一九五〇年在西西里度假的时候写成的，写完之后，他立刻将结尾部分用航空邮件寄给了出版社，但兰登书屋过了四个月才给他出版，因为编辑鲍勃·林斯考特不大喜欢小说的结尾。林斯考特认为结尾太弱了，他说一旦主要人物上了树，进了树屋，卡波蒂就“不知道拿他们怎么办才好”了。他要卡波蒂重写结尾部分，卡波蒂做了点改动，却没有完全退让，改变结尾。

《纽约先驱论坛报》称赞这本小说“非同寻常……充满了温柔的笑声，迷人的暖意，还有一种生命的正能量感”；《大西洋月刊》评论说“《草竖琴》引得你去体会作者的情感，体会那种不入俗流的生活里特有的诗意——自在，新奇，愉悦”。

小说出版的第二年，就被改编成戏剧，搬上了百老汇的舞台，演了三十六场。

七十年代，又有一个音乐剧版本问世，但并不成功，只演了七场，即宣告结束。

一九九五年，电影《草竖琴》问世，扮演多莉的琵帕·劳瑞因此获得了东南影评家协会颁发的最佳女配角奖。媒体对查尔斯·马修导演——他的父亲沃尔特·马修亲自上阵，饰演了法官的角色——的这部电影称赞有加，尤其是人物个个分明，场景悠远如梦。只可惜影片票房惨淡，如今更是踪迹难寻了。

张　坤

二〇一二年六月